舜徽书系

学问思辨，乃求知之事，必先明于至善之所在，而后笃行不惑

舜徽书系

朱峙三烽火日记（第四册）

◎ 朱峙三/著

华中师范大学出版社

七月

初一日　早九时大雨　午后晴　晚大雨至夜分　达旦又雨　八月十二日　星期三

七时起，天欲雨状，予须到府，遂持伞行。中途遇李煜，小雨渐大，与之随谈来凤查案事，到府后衣履俱湿矣。闻包、周、王、曾诸人云，予已改为参议，金称贺，以后可不签到办公，纪念周受训均不参加，此予去冬屡求不得者，诚可喜也。阅报，印度已起剧变，英印冲突于各国抗战殊不利也。办理各事毕，天已晴，遂回寓吃饭，带回袁生炳南复函一件。此人甚有良心，较胜于其他学生也。小睡一时馀，午后三时往省立医院晤杨院长问定儿打针以后情形，杨云有此药不甚要紧，但不宜再服中药云云。便晤孔会计主任，新洲人，非文轩先生之侄也。四时半到教育厅晤张秘书希之说明各事，遇张金光，知其已调第四师范校长。出厅至建厅访黄、张、周三秘书问各事，谈片刻即下班。予与张同出，遂回至民厅旁，遇郑万选、鲁伏生，均自建始来者，立谈片刻，天已薄暮，未能多语。回寓洗澡毕，见定儿如常，今日打针，晚睡亦无他异。予因天又大雨已改凉，十时遂寝，多梦。

初二日　早六时大雨如注　至七时半止　十时晴　热甚　八月十三日　星期四

七时半起，午后刘玉瑞同其戚来寓，带有伞及枕簟各二件，湘中物价较施便宜三分之二，留其酒饭去。四时仍大雨，梦闲带定生去打针。晚写袁炳南函，备明日用快信发出。十一时寝。

初三日　早雨　午后阴晴　八月十四日　星期五

六时半起，九时饭毕。今日须往府购油盐米杂物，非自去不可。连日因伕子不易雇而寓中仆未来，予足疾未愈，迟生百事不能代予做，其焦闷之至。十一时到府，午后四时乃雇得一佚挑杂物回寓。晚天凉，早寝。

初四日　晴热　今日末伏　八月十五日　星期六

七时起，梦闲入城买药，嘱其会梅先林及为其母买药等事。饭后写滕昆田、项贡川等函。今日未阅报，不知消息。忆廿七年是日敌机炸鄂城北门外一带，予适在县宅，次日搬家至朱汤庄。今已四年，抚今思昔，不胜感慨，何时胜利耶？晚十一时寝。

初五日　晴热甚　八月十六日　星期日

七时起，今日因购油盐等事须往省府去，并清各处来信件。到府后与同事略谈即出。今晨定儿仍至医院打针。午后回寓，饭毕未作事。

初六日　晴　八月十七日　星期一

七时起,八时往省府取信件,十一时回寓写复各处函。晚间蚊极多,十一时寝。

初七日　晴热甚　八月十八日　星期二

七时起,九时得省府电话,未听清楚,须自去取信件,予以为来凤包裹已带到也。先晤曹台长,始知为民享社请予与包秘书至城观集团结婚典礼也。明敬庵自建始来会,求为邓荛甫事帮忙,谈半小时乃去。饭毕与贡九同至民享食堂观礼,室小人多,天热空气不流,人汗奇臭不可耐,乃至小客厅中略坐,与吴寿田谈话甚久,与李小园、沈碧舫仅叙寒暄而已。下午三时半退出,至北门访梅先林,略谈即出,归寓已五时半。饭后洗澡毕未作事,今日七夕,天际先有星月,自后黑云密布矣。忆及往事,感慨殊多,辛丑年十五作《七夕》诗,高师甚赏之。癸亥在沪滨作《七夕》诗，忆孟夫人也，诗缠绵沉痛。今岁仍在施南，何时回武汉耶？今日行路多，足力已疲，十时即寝。

初八日　晴热　八月十九日　星期三

七时起，八时半饭毕，十时往省府取信件。午后至省立医院访杨光第未遇。四时回寓，饭后小憩，晚未作事，十一时寝。

初九日　晴热　八月二十日　星期四

七时起，九时饭毕，十时往府取信件。十时半往建厅会周鸣皋问冯少岩住址。午后三时回寓。今晨买得肉一斤，晚间具酒肴于门外，焚楮遥祭亡室孟夫人，今日初九，为其忌日也。夫人殁已九年，今年频频示梦。噫！西迁来施，触目生感，每念孟夫人不置。今夕忆及，痛心无已。十一时寝。

初十日　晴热　八月廿一日　星期五

七时起,九时饭毕,往府与王、周、包等谈片刻,同任之出,遂至其寓吃饭毕,往陈豫生寓中谈二小时出。今日取得本府改参议委令一件。晚十时寝。

十一日　晴热　八月廿二日　星期六

八时起,倦甚,今晨未到府,足软未能行远,明日再往一看。写王一鸥、袁子青、孙穄屏函,并托柳东川印名片。午后二时回寓,晚热未作事,十一时寝。

十二日　晴热　八月廿三日　星期日

七时起,九时往省府一次,十一时归。吴寿田来谈一时许去,晚热不能作事,十时寝。

十三日　晴热甚　小雨一次　今日处暑　八月廿四日　星期一

七时起，八时起行至农学院。在途遇路保长，详述三游洞以后情形，自宜昌失守后，敌人并未到洞一次，沿洞及山下各房屋俱为十八军拆毁作薪，洞内凡有尺木俱已焚毁无遗。民众未逃者俱先后染疫死尽，可慨也。天意助恶，何以不死敌人而死民众耶？岂中国人心太坏，天实创之欤？此理之不可解者。到农学院已十时，与冯少岩谈各事，彼亦谓张伯谨为人太滑，专心做官，无诚意之人。鄂中舆论均不直其为人，观于前日扩大纪念周受痛骂而亦忍耐下去，众听俱在，何以无气节如此？有闻河北多直戆之人，则张何以柔弱至此耶？午后二时归，热甚。饭后写复各处函件。晚十时寝。

十四日　晴热甚　月明如昼　八月廿五日　星期二

七时起，八时至夏家湾省银行访吴寿田、沈碧舫，沈未遇，与吴谈一时许归。饭后嘱家人办菜肴、焚包袱，遥祭本籍朱、胡两姓祖宗。予西迁已四年，每念及故乡，心为之痛矣。恨倭奴肆虐，尤恨吾国从前政治太坏，实有以召外侮之人。阅沦陷区来函，问沦陷区区来人，国难至此，民困至今，谁之咎欤！祭祀毕，午后五时约杨光第、段继李、汪慕符吃饭。晚有月色，十时遂寝。

十五日　晴热　晚雨　子正更大　八月廿六　星期三

七时起，建始两女生来寓乞作函考女高，一名刘素琹，一名敖俊，刘右丞侄女也，引之至民厅请饶校文作函刘校长，问及二人来时步行，极辛苦可怜，付函去。便约液垓、笠渔、立庵、胡子涛、贡九、宇澄来寓午餐，二时乃毕。晚间补写曾义成、柳东川、袁炳南、潘受盦、龙智仙、龙汇东、蔡韫、邓实、孙三元、刘萃三、王绍虞函，共十一封，俾明晨发出。天气下午已凉，十时寝。

十六日　雨　阴　晨四时雨　至十一时方止　八月廿七日　星期四

八时起，午饭后嘱梦闲送信去发，并至省府买米买物。今日得大雨，食粮或有收成也。晚写复各处函，十时寝。

十七日　晴热　八月廿八日　星期五

七时起，饭后至府取信件，与同事略谈。午后归，写复各处函件。晚间未作事，连日目力不佳，未能作书也。十一时寝。

十八日　晴热　八月廿九　星期六

七时起，着夹衣，连日朝晚均凉，此间气候与鄂东异，正午仍热甚。今日又至府一次，予已改任参议，本可不到，但油盐柴米均须自往说话也。晚十时寝。

十九日　晴热　八月卅日　星期日

七时起，今日往军管区访云瑞未晤，遂寻其寓中，与谈乡间事。因袁芷青屡有函来，请予与渠一谈也。熊洗铭同在其家吃午饭。午后归，命迟生至城借款兼至包宅取信件。晚间交到朱士堪二百元，明日可偿汪宅。十时寝。

二十日　晴热　八月卅一日　星期一

七时起，疲倦甚。陈挽澜、包太太先后来，留便饭去。正午至府购苞谷未得，与王、周、包、刘等同事谈片刻出。金云明晨纪念周，正午聚餐均须到府，予漫应之而已。午后四时回寓，得冯少岩函，谓教院教授有办法，已与陈友松言之矣。予亦听之，且此事即成，尚须费脑力参考也。晚十时寝。

廿一日　晴热　九月一日　星期二

七时起，昨夕伤风鼻塞极难过，起数次，今晨纪念周当然不能去，闻汪宅已行矣。十时饭毕睡至十二时起，傍晚段继李回，问以各事。今晨纪念周有三小时，站立不能支持倒地者有五人云。晚十一时寝后鼻塞，仍似伤风状，此予入秋以后睡后情状也，今已六七年矣。少壮时无之，老境侵寻，将奈之何。转钟后多梦且杂，枕上能记忆者数事，先梦庭院中有高植物二蓬，甚茂，予谓何长之速也。继则有仆搬数盆花卉交予，秋海棠二盆，红花四大瓣，与常见者异，其叶更肥大。继则见冯艺林与予谈，继又见喻育之与予同事在一处。

廿二日　晴热　九月二日　星期三

六时起，七时半食早点甚多。九时往访胡彦圣未遇，留字出。访杨光第，为定生打针缺药品事。闻有警报。今年警报极少，敌机想已集中太平洋等处应战矣。九时四十分到省府，问知无多事。交款陈松亭买布、买黄豆，取得冯、龙等信归。饭后阅近人所编词学书，颇多见地。三时严秘书电话约予明日到府，谓秘书长有事约予。何事耶？予自改参议后不办公不到府，颇自由，此事则不能①感朱厅长之美意也。闻前日秘书长通传各处，骂包贡九、曾镜海等不准时到公，待僚属未免寡情，其实签到与办公有何关系耶。省府签到之人，无事者签后即出外闲游。监印与会计日夕在公，不签到亦不外出，而必以签到为成绩，未免目光小矣，为之一叹。晚间写信三件，十时寝，多梦。

---

① 能，后脱"不"字。

廿三日　晴热　九月三日　星期四

七时起,到省府买包谷、油盐等等,连日均为七事所累。晚间写信二件,十一时寝。

廿四日　晴热　九月四日　星期五

七时起,八时半饭毕。十时至洗爵溪粮食公司访张笃周,托其代买大曲酒,付廿元。以渠与松兰斋系同乡,必可办到也。便至福音堂访谭君讷先生,闻其星期一方到馆,留刺出。访陈豫生,谈一小时回寓。饭后以室中蚊多不能作事,十一时寝,梦魇,足数伸击,且骂人,内子呼醒,已解厄矣。此月多恶梦,心血虚矣。

廿五日　晴热甚　九月五日　星期六

七时起，今日未出门，因此旬在外时多，足疾气稍畅。但行路多，足力疲甚，须休息一日也。药酒尚未完，连日饮之，求速效也。欲代刘秘书长作许君传，提笔神疲，不耐构思。晚十时寝，梦见先母为予具酒食，似予有远行者。又同先室孟夫人再往学校，此行期与一见，罗仆国贞请赶轮船到汉，王文达先行。噫！久未回乡，无日不念先人坟墓。孟夫人卒已九年，今年则频频示梦。醒后起小溲时，计已上午三时矣。默念先母与亡室不已。王文达是否尚存，不得知也。抗战胜利果何时耶？

廿六日　晴热甚　九月六日　星期日

七时起，八时将案上各凌乱物件检点安置清楚。昨嘱内子酿米酒，今日已成。施南酒贵，闻包谷酒已涨至每斤十元矣。北门外寄售汾酒，每两二元，尤奇。饭后喻忠益来谈，谓左宅新迁来贾某系其友也。午后三时陈豫生引其两孙并涂君来寓谈甚久，留便饭去。晚间蚊大且多，未能作事，十一时寝。

廿七日　晴热甚　九月七日　星期一

七时起，饭后至包宅，闻贡九云今日扩大纪念周站四小时，其馀未到各厅处职员，均于下午一时起补站至四时半止云云。予因着长衫，遂未往省府去，将借条请贡九代为借款。二时归，天热甚，饭后小憩，欲为刘秘书长代作文，以身倦遂止。晚以蚊多，不能秉笔。十时寝，梦予已回鄂城，有诸亲友招待，且与端溪相见矣。未几行街中，遇一着绿衣敌人检查来人自行车票，予惧及检查，幸此人未之见。又未几见红衣敌人三四，予遂避入一已毁室中，墙虽矮而不能逾，外面皆深水，且有风浪激之。正急遽间，遇二三青年来救予，以红绫为套之相片与予，谓予相在内，其二则彼等也。醒时恐惧乃释。噫！何以屡梦回县而尚有敌人未退耶？从前梦回武昌亦如此，久客思归，同此感想者当不独予一人耳。

廿八日　晴热甚　今日白露　九月八日　星期二

七时起，九时半到包宅。午后一时到府，有公私事均须自往。闻同仁述各事，殊可太息也。午后归，写朱阳春等函。晚热未作事，为人作文至今不能动笔，私事多，精神又倦，奈何奈何！晚寝多梦。

廿九日　晴　阵雨时作　九月九日　星期三

八时起，饭后至包宅已十一时，在其寓补午餐。午后至府取信件，与谭、王、周诸人谈，各取各物件，并告以前日胡伦芬来寓所述各语。今已晤朱厅长，谓教育学院事，张厅长已定议聘予为教授，已用电话询明，予在座闻之，不便与张直接谈话。并为王宇澄探厅长意旨，似已许可矣。傍晚归，十时寝。

八月

初一日　晴热　九月十日　星期四

七时起，饭后往省府，午正往建厅晤及黄、周诸君。晚间未作事，十一时寝。

初二日　晴热甚　九月十一日　星期五

七时起，八时半往省府，十一时至包宅吃饭。午后往财厅晤易泮香、贺秉庭、傅秘书汝楫，先后谈甚久，至民厅晤蒋、萧诸人。四时归，饭后韩英华来，必欲写信荐往合作处所云童旭亥充秘书，已误为童镰也。韩年已老而脑筋不清，如此社会何能讨生活哉。晚十时寝，多梦。

初三日　晴热甚　九月十二日　星期六

七时起,九时饭毕,十时到府探讯各事。来凤沈、王来函,不解其故,究竟郭汝楫将此物交与谁人耶?十一时至包宅略谈,午后回寓执笔为文,三小时草创成矣,晚间略修改之。十时寝。

初四日　晴热　九月十三日　星期日

七时起,九时至府,十一时至包宅。贡九愁状难看,谓龙山县已被新四军踞之,其弟下落不明,其寓所蓄豕病欲死云云,午后四时回寓。晚间将所作《许铭彝传》润色之,明晨可书交刘秘书长矣。十时寝。

初五日　晴热　九月十四日　星期一

八时起,十时饭毕往省府,足疲甚,行甚迟,至则已下班矣。李逢春约予会晤,但至今未见面。十一时半警报大作,予避入大洞内一小时乃解除,到府再料理各事,与严、刘两秘书谈各事,交代作之文与慕曾,请其转交秘书长。下午一时半警报又作,予遂匆匆返寓,傍晚刘兆喜送绷子及藤椅来寓,清理案上诸件。今晚天气凉,早寝。

初六日　晴热甚　九月十五日　星期二

七时起,九时饭毕,十时携定生至七里坪赶场。午后二时回寓,山坡不易行,且天热如蒸,疲软殊甚,晚十时寝。

初七日　晴阴不定　九月十六日　星期三

七时起,腹大泄,十时又泄一次,身疲足软矣。午后一时约阎任之来谈甚久,留便饭去。晚间写邓实信,言明已托土桥坝邮局查小包邮件事。十一时寝。

初八日　晴　小雨数次　九月十七日　星期四

七时起,九时饭毕,到省府取回冯汉骥、孙稚屏等信八封,接教育学院通知一件,言明日上午开会,予因接洽各事,午后三时半方归。晚间以疲劳未作事,十时寝。

初九日　晴热　午后五时暴风　七时大雨二次　九月十八日　星期五

七时起,八时饭毕即动身。到教院门前遇冯少岩,遂同至会议室开会。十时起,十一时半方毕,晤见陈友松院长及国文专科孔肖云、舒连景、黎翔凤,皆国文科同事,馀均为新添教员,陈发轫今日方见面。教务主任徐伯申,当涂人,孔则怀宁人。午餐毕又开会一次。二时予遂到施城访许伯蘧、朱伊仲、陈志纯,均谈甚久。志纯已呈老象,非从前任汉阳县长时状态也。与谈甚久出,至汽车站搭车,至土桥坝下车时遇刘立谈片刻,知其已委民厅视察矣。民厅视察何其多也。途中遇风暴,回寓时大雨骤至,约一小时乃止。晚为汪慕符写介绍函二件,分致梅、陈二县长者。十一时寝。

初十日　晴热　九月十九日　星期六

七时起,刘兆喜引一南京难民曹步云来充工役,便询其何时来此及如何不能维持生活诸事。十时至省府,十一时到王宇澄家,午餐毕闻有警报。下午一时时予出门至前山,闻机声又退回王宅。二时至粮政局访姜文山,访段继李未遇,再至省府便托李科长诸事,遂回寓,已四时半矣。饭后疲甚,晚十一时寝。

十一日　晴热　九月二十日　星期日

七时起,饭后到府已十时,与同仁谈各事。十一时宇澄约至其寓吃饭,饭后有警报。下午一时半敌机过上空,予又避入王宅,三时方回寓。饭后阅各书,先取诗词一类者。晚十时寝。

十二日　晴热　九月廿一日　星期一

七时起,十时闻有警报二次,省府送来教育学院补聘书一件,系改专任讲师矣。饭后外出一次。晚间欲补作诗未成,遂寝。

民国三十一年（1942年）　八月

十三日　晴燥　晚大北风　气候转寒　九月廿二日　星期二

七时起，饭后带同曹步春①往七里坪赶场，曹新来工役也。予便往石信嘉处一谈，便访黎翔凤、白如初，白未遇，遇廖廓，亦本府参事，与黎、廖、石等谈甚久出。途中闻警报大作。噫，敌机近四日均来此侦察，何也？晚写信与孔育之、陈肖峰，明晨当着曹仆送去。十一时寝，多梦。

十四日　阴雨　寒　九月廿三日　星期三

六时起，定生吵闹不堪，予遂起吩付曹仆送信。内子入城，便还朱士堪借款一百元，连前二百元已清矣。午后省府取来鄂城茂林细纯女、淬成、龚少山，葛店熊学谦等信

---

①　曹步春，本月初十日日记作"曹步云"。

件,又邓实、孙穗屏等信件。晚寒,时有小雨,十一时寝。

十五日 阴 小雨 寒 晚雨达旦未已 九月廿四日 星期四

六时半起,清理室中诸事。今日中秋,予在施南已过三中秋矣。阅昨日家函,今日各厅处公务员全体往五峰山,感触多。因念五代时传国五十年,易十八帝,战争频作,迩时官绅士庶不知何以自处也。谋生之计,或有忍气屈节不忍言者也。此真佛家所谓"共孽"欤?午前午后均饮酒,今日菜蔬多。晚间梦闲出语无状,使予怄气甚,致夜间未寐。起服当归、橘红等药,稍好,仍不能安枕也。写信复鄂城龚、周、熊诸人,明日可发出。

十六日 雨终日 寒甚 夜雨达旦 九月廿五日 星期五

昨睡极不安,九时起命曹仆送信发,今日天寒如九十月。写信与沈廷模、刘晓廉，并附其甥信去，知火腿、芋粉等物未送到也。复廖玉田、明哲、卫粲先等函，省府取回朱汤庄、熊学培、卢雨卿等函。雨卿带咸丰贡米三升馀，大约十斤也，照现时米价可值卅馀元矣。连接鄂城函，知米油盐肉均较施南稍贵，将奈之何。晚雨未停，十时寝，梦喻育之在予家宴会，酒菜甚丰。饭毕有小轮船候予等于北门外，天晴但时已逾下午三时矣。予谓何能到汉耶。育之云到团风歇宿可也。继思团风必过敌人境，奈何。时先母亦在家，梦闲侍母饭。醒时枕上思之，鄂城住宅尚历历在目，已忘吾邑有敌人也。

十七日　终日雨　寒　晚雨达旦　九月廿六日　星期六

九时起，饭后看词书。午后命迟生到学校去探信，命曹仆送信，发沈廷模函另挂号。得陈志纯信，明日可访李晓圆。教院徐伯申送信来，必欲予就该院专任教授，谓功课已定，不便更改。贺良璜决计不来施，是以必欲予兼专任也，俟上课时去看情形耳。约鲁警佐、廖玉田明日来寓问各事。连日天雨路滑，不能出门一步，数月无雨，今则一雨三日，无益于农事也。晚十时半寝。

十八日　终日小雨　晚雨甚大　天明未已　九月廿七星期日

七时起，饭迟开，候鲁警佐至，因昨已与约也。十一时半鲁来留饭，谈甚久去。黎翔凤来谈旧学，约三小时去。今日自早至午雨未止。午后二时迟生往小龙潭上学去。四时教育学院送功课表来，明午有课须往授。雨未止，予寝后雨尤大，虑明日往院行路难矣。十一时寝，多梦。

十九日　早大雨　午后雨稍小　晚仍小雨　九月廿八日星期一

八时半起，十时饭毕，天雨未止。十一时一刻着皮鞋动身往院授课，记己未在省垣渡江往晴川中学授课时大雨乍止，到校甚早，屈指廿一年矣，又作教书人，不胜感慨系之。在洗爵溪粮食公司休息半时，到院已下午一时。与孔肖云晤谈，问及班次及章则。未几黎丹池来略谈，予即往六教室上课。英文、体育专科学生第一次见面，学生未到齐，仅九名，问其馀，以为今日天雨，予未必来院云。与彼等泛谈各事，教材尚未选定，不能发文与彼等而讲授之。便问诸生，似未读过四书五经，以后作文改者困难矣。第二堂学生已集训去了，遂与丹池同往图书馆一谈。李匡甫先生，予之师兄，此为第三次见面，谈片刻恐天又雨，遂辞出，到寓已上灯。今日双足指为皮鞋夹伤，行路困难万分。设无此皮油鞋，竟不能往五峰山也。今日为亡儿根生客死宜昌之第四周年。回念前事，心为之痛，设其在世，已廿三岁矣。抗战以后西迁之公务员与义民无一好境遇，此殆佛家所谓"共孽"欤？伤心哉！八时补写教院之教材，备明上课讲之。晚十一时寝。

二十日　晴　九月廿九　星期二

七时起，饭后欲往图书馆借参考书，以警报大作未往。午正往包秘书寓谈未久，警报又作，遂匆匆归。今日教院课有两班，不上文学专科，填词未寻得谱亦不能往。晚十一时寝，多梦。

廿一日　晴燥　九月卅日　星期三

七时闻警报，八时半解除，十时又警报，至午后一时未解除。韩英华来，必欲予介绍曾秘书作函，遂与同往省府。坐未久，又有警报，谓有敌机三架西飞，遂不能不出。予经防空洞口，萧液垓欲予与傅霭如营救保取，遂至民厅晤蒋立庵，遇张家驹，知傅不日可释，遂中止见朱厅长矣。又至教厅晤朱新民、韩仲祁谈片刻，回寓已五时半。馁甚，饭后写信与李定馀、高其冰。晚看书作事，至十一时寝。

廿二日　晴　十月一日　星期四

七时起，报有警报。饭后到府借书，下午四时同曾秘书至城内民享社食堂，李达可请客为王开化饯行，林渊泉就县长职接风也。曾须往鄂北，予与包贡九系补请，酬上次未到者也。五时半开席，七时毕，与曾同归至省府宿，因天晚恐途中遇豺狗也。在府以臭虫多，不能安枕。闻严立三先生今日已到施，予未去接。十时就寝，直至天明，仅合眼而已。

廿三日　阴晴不定　晚小雨　十月二日　星期五

五时半起，六时半洗漱毕，七时取书及杂件，八时半回寓。饭后小睡未稳，云海霞来访，遂起与谈一时许乃去。晚饭后编学生讲词，拉杂写数段，直以予胸臆一吐之。十时寝。

廿四日　阴雨　十月三日　星期六

七时起，饭后看杂书，接鄂城洪英、张渭泉信。晚写信三件，分致诗樵、寄沧、汤璞逊诸人。十一时寝。

廿五日　早阴　午后二时雨　至晚未止　十月四日　星期日

七时半起，得张孝惠函，约予至经济食堂吃饭，午前九时半到府办理各事。十一时与贡九、熙光同往食堂，正午开席二桌，同桌认识者均本府同仁，馀为民、教两厅人员。下午一时散席。菜丰且有鲜鱼，颇可口，连纸烟、酒大约每席非百廿元不可，然较之重庆不过四分之一，闻重庆请人吃便饭至少五百元。抗战未结束之前，物价尚续涨无已，奈之何哉。二时回寓，云海霞携其婿邹乃文来谈。邹江苏江都人，现充恩宜师管区司令部法官，谈一小时去。晚十时寝。

廿六日　阴雨　十月五日　星期一

七时起，饭后即往教院上课，晚四时回寓。今日在阁任之家吃饭，在陈豫生家谈半时许归。途偶忆旧诗，能全记十馀首。晚十时寝。

廿七日　阴雨　十月六日　星期二

七时起，八时往教院上课，途中泥泞难行，以表记之，自寓中起至省银行新做住宅处需廿五分钟，由此至洗爵溪需十五分钟，由溪至上官坡十分钟，官坡至院口休息室十分钟。天雨共行一点钟，天晴五十分钟即到达，较之予平昔往省府只多十分钟耳。到后即上课，问孔主任，云学生因搬校舍，恐一时赶不及，暂停授课，予遂进东门城剃头一次，至北门乘车至土桥坝，遂回寓。晚十一时寝。

廿八日　阴雨　寒　十月七日　星期三

七时起，八时到院上课，今日在文学专科初授诸生以填词各要诀。午后一时回寓，便往省府一次。晚间看书并搜集教材，至十一时寝。

廿九日　雨大　寒甚　终夜雨声不断　十月八日　星期四

七时起，八时起行，雨大泥深。到院小憩即上课，第四次因教室在院本部，值大雨，学生亦未到。予问明即出，向教务处问及各事，交印刷文词等稿并晤会计邓毅生，京山人，一切总务组归渠负责。便问知会计员余受卿、宣恩人。吴炳法、黄梅人。易修乐、天门人。陈儒愚及合作社干陈华堂等交涉各事。雨仍未止，遂出院至任之家借袢裤，因寒甚，恐受病也。至省府问各事，下午二时半吃午饭，五时半余文杰请本府科秘诸人吃饭，今日为其卅初度也。酒好菜多，七时方散，予先命曹仆来接，不然途中不能行矣。回后看书，至十一时寝。

三十日　早雨　阴　今日寒露　十月九日　星期五

七时起，九时早饭，午后二时刘石遗自建始来述各事，并送来香茶一斤，香荨四两。施南近日香茶每两二元，香荨每两十元，大约建始不若是之贵也。四时留饭别去。晚看杂书，十一时寝。

九月

初一日　阴　今日为国庆日　十月十日　星期六

七时起，天阴欲雨，十时饭毕，阅词学一类书。正午往土桥坝，先至包宅，未晤贡九。一时至松花园，民享社新开第三食堂也。吴寿田前日约予至堂聚餐，祭辛亥起义诸烈士，望东遥祭而已。今日宛思演、余子祥、殷子衡未到。殷为日知会老人，辛亥革命成功，彼未就军政界一职，仍传教，实有令人起敬之处。余与予为同乡，其人后来作师长、局长，积有资财，抗战后亦受损失，去夏方来施行医，闻颇利市。宛与予为同学，现时神经已坏，与人接谈时多不清楚。去冬予与陈肖峰等约之亦未至，任本府参事二年，予未之见也。此三人于辛亥推翻满清有功者也。饶校文亦未至，陈少武、杨杰丞、程次宗均于今日方晤谈。程孝感人，亦本府参议，均寿田先为介绍。追思往事，慷慨殊多。彭烈士楚藩，吾邑永乡人，世称为"彭刘杨三烈士"者。辛亥八月十九晨五时彭、刘、杨三人就义于武昌督署门首。晚十一时塘角辎重营先放枪示信，自是黄土坡工程营士兵程镇瀛放一枪举义，迩时子弹未运到，士兵原有子弹均一星期前为排队长搜去。程之子弹系预先密藏于棉被中三粒者。未几金兆龙又发一枪，击排长某死矣。镇瀛，吾邑城内人，寄养周姓，后官营长，民国四年以变节不得其死。金兆龙，武昌人，居黄州数年。予丙寅任沙市征收总局时，曾派之充下哨卡长，假归一月再返沙市，乘大元轮，中途轮中火发，乘客死者百馀人，兆龙与焉。下午四时席散，与寿田同返，在途偶记此事，亦革命史中应补编入者。民十以后假革命名以作官者多矣，民十五以后向中央铨叙部、中央党部冒革命名以谋简任官资格者更多，甚有假借辛亥革命事迹，今日闻次宗述之甚详。得官者以其年龄推算，辛亥、壬子、民三之役，彼时年不过七八龄。噫，此真无耻之尤，"名器"两字尚堪闻哉！辛亥举事，两湖同学俱在武昌。同班生牟鸿勋、利川人。蔡大辅京山人。均于十八夜开会时为鄂督瑞澂军队捕去。邢光祖黄梅人。开会即回堂，周开迥、号鹏程，现名之瀚，宣恩人。苏成章、利川人。蔡以员、黄陂人。张祝南吾邑人。均未遭捕。是晨，刘书封自外来予室中告予以各事，均骇甚，不能语。予迩时值大病中不能起床，朱纯愚自粮道街栈中来予室述各事，语声细，同室中有左德威，应山人。彼素反对革命者也，而尤嫉牟、张两人，然此时同学性命均在危险中，盖革命党出于两湖学堂，则非瑞澂所及料者。彭楚藩以督署宪兵资格排满，欲杀瑞澂，更非瑞澂所及料。两湖学堂为鄂督所主办，澂即予等之监督也。彭烈士与予岳父孟宽甫公有世谊，幼时寄与予岳父为义子者，民国六七年其父尚寄居鄂城内，迩时能领恤金。民十其父死，而继母不贤，嗜赌，民廿二年予长黄冈时，其母领恤金搭小轮回鄂城，在轮上与流氓赌，输尽恤金，投江遇救，现时大约已死矣。烈士仅一女，嫁某姓，如存在亦四十岁矣。噫！有辛亥八月十九日之推翻满清，而后有双十节之名，八月十九即西历十月十日，国府定双十为国庆日。丙寅以还，作官者谁能追念前勋而忆及已死之彭、刘、杨三人耶？纪念国庆，是应先纪三烈士为稍有人心耳。今夕牢骚多，特记之，百年后不知果有经史存否？晚九时饮酒一杯，十时半寝。胡祖舜，号玉斋，嘉鱼人，亦今日方见面。

初二日　阴雨　十月十一日　星期日

七时起,九时食早点,命曹仆送教院及粮食公司函去。十时整理床褥等事。午后写昨日日记,叙辛亥起义事,然未能详也。他日当另作一记,恐修党史者变乱事非,而真革命推翻满清者反湮没不彰矣。晚看诗话一类之书。十时寝。

初三日　阴雨　十月十二日　星期一

七时起,午后一时至教院授课,四时半到省府,今日同人为曾镜海、王宇澄饯行。酒肴均佳,宾主尽欢,六时半方散。曹仆已带灯笼,予同曹台长一路回寓。九时准备功课,十一时寝。

初四日　阴雨　十月十三日　星期二

七时起,天雨未止。八时至教院,途中难行,因向图书馆借书,仅得《清文评注》一部归。晚阅三小时,摘提数篇,俾上课之用。十一时寝。

初五日　阴雨　十月十四日　星期三

七时起,八时至院上课,途中难行。今日讲书甚久,颇吃力。午后一时回寓,腹馁甚。饭后阅杂书,十一时寝,多梦。

初六日　雨终日　十月十五日　星期四

七时起,八时到院上课,泥滑极难行,讲课连续三小时,午后一时回寓。晚阅各书,字小目力极吃亏,以后须戒之。予年五十六未发眼力①，以后保养得法或不致再发也。十一时寝。

初七日　早阴旋晴　十月十六日　星期五

七时起，八时饭毕，嘱曹仆与予同行，去打油、送书、送信等事。到院尚早，授课二小时，就孔肖云家吃饭，下午二时须开会也。正午有警报，予等未避，事先不知也。学生约开会，予亦指示各事，说话十馀分钟。四时回寓，途中与黎丹池谈，行甚缓，五时半方到家。饭后未作事。今日接孙寿山函，谓省宅无负责之人照管，陶宏生仅留其母在宅，甚可虑也。发贺痴瘦、林均中、周□春三人对联，贺等三月前托写者也，日前方借得大砚磨墨，乃得书之，明晨当饬仆送局。十一时寝。

---

① 力，疑应为"疾"。

初八日　晴燥　夜十二时雨　十月十七日　星期六

七时起，九时天气大晴，虑有警报，未往省府。午后一时去晤阎任之、包贡九、张百熙，谈询各事。借书三本，四时回寓。饭后阅清代文，便抄二篇，便讲授也。晚间类伤风，鼻涕眼泪同出，极不可耐。十时寝，梦在两湖学堂受考试，已成文稿矣，而墨金忽为包贡九将内棉取去，致无从写文也。幻梦殊可笑也。

初九日　雨　十月十八日　星期日

八时起，天雨改变气候矣。十二时至曲水洞，今日张笃周约予黄会，去年黄会予未至，今日冒雨前往。到者皆去年旧人，止予与阎、李受多、笃周之兄干清、余某、金某为新加入者。分韵赋诗，予得一"乡"字，倡议者陈豫生用老杜《闻官军收复河北》句中"白日放歌须纵酒，青春作伴好还乡"十四字，五时开席，雨仍未止。七时予与曹仆同回寓，小憩后十时寝。

初十日　阴雨　十月十九日　星期一

七时起，午后至教院授课，五时归，路滑极难行。晚饭后看书，至十时半寝。

十一日　阴　时有小雨　十月二十日　星期二

七时起，九时韩英华来，仍谈谋事，留之便饭，十一时与同出至土桥坝，便访贡九、百熙问各事。至图书馆借书十馀种，便至民厅晤笠庵、液垓诸人，至建厅晤黄、张、石、周四秘书，谈甚久出。五时回寓。

十二日　阴　时有雨　十月廿一日　星期三

七时起，八时饭毕至教院上课。正午回寓，途行甚缓，到时已午后矣。今日为先母生辰，寓中备祭典，有愧人子矣。先母殁已八年，至今思之，心痛无已。今年频频梦先母，盖流亡在外，先人邱垄俱未亲祭，洪英每年虽有来函报告，谓已与茂林族兄清明、中元俱代祭，不知果可信否。今午有警报二次，晚九时又有警报，至十二时方解除。敌机夜来，今年则第一次也。寝后多梦。

十三日　早小雨　午后阴　似有晴意　十月廿二日　星期四

七时起，八时到院，方知今日学生全体遵院长谕整理内务、大扫除、清洁卫生等等，谓中央有《大公报》记者同陈主席来施，今午必来院参观云云。院中如无人来参观，则一切清洁内务可不讲矣。客来扫地，临时抱佛脚务外表，仅顾一时敷衍颜面而已。吾国近十年政治皆犯此通病，上下粉饰，可慨也。予以学生均停课，遂回寓。饭后阅杂书，午后二时至云海霞家中吃饭，同席者仅熊洗铭、袁业惠为熟人，馀则张军法官及军管区职员五人。四时饭毕，酒菜均丰，以施南物价计之，当在六十元以上。但闻袁□君此一席菜在重庆需六百元矣。该地官吏及公务员尚能安居不恐慌，亦时时请客者，或亦另有收入也。抗战节约，名词好听耳。又转述渝中各情形，奢华较去年尤甚。总之敌机不至渝，渝方人类早晚均度骄奢生活，不计其他。五时半回寓，阅江亢虎之《台游追纪》，述台湾事，令人生无限感慨。因连累而忆及印度、安南、缅甸亡国之痛，尚堪闻哉。十一时寝。

十四日　晴　寒　月色佳　十月廿三日　星期五

七时起，九时到院授课。国文科学生到教室甚齐整，细询其程度，旧学无甚根底，施教颇感困难，予时时以旁语勖之。正午回寓，饭后阅杂书，至十二时寝。

十五日　晴　寒　晚月色佳　今日霜降　十月廿四日　星期六

八时半起，梦闲已与曹仆先至城内买菜，备明日约刘石遗、云海霞、傅霭如等吃便饭也。九时有警报，以后有二次敌机未来。予原拟往土桥坝访周笠渔，亦未能往。晚阅杂书，至十一时半寝。

十六日　晴　寒　月色佳　十月廿五日　星期日

七时半起，昨夕迟生回寓，予嘱其清理书籍。上午警报二次，午后二时又有警报二。今日约傅霭如、云海霞、刘汝璘、陈松亭等八人来吃饭。因警报未到者鲁祖珍等四人，久候不至，开席已四时矣。席散后张伯民方来，彼云为警报所阻，宜昌杨汉川、秦学白等实不能来云云，仅谈五分钟别去。中间朱衣名伯侯大队长由孟广漳介绍来寓一见，据其面称已访予数次矣。军管区杨书记道之来，谈半时方去。朱、杨俱皖之桐城人。晚阅杂书，十一时寝。

十七日　晴　十月廿六日　星期一

七时起，今日上午有警报二次。午后到院授课，三时半有警报，遂回，便过省府与各同事一叙，约其明午后来寓宴集。四时半回寓，晚间清理各事，至十一时寝。

十八日　晴　十月廿七日　星期二

七时起，清理室中各事，九时菜肴均办齐，室内外诸事整理已毕。三时同事诸人如施方白、刘慕曾、谭叔隆、严道生、吴羽仙、阎任之、包贡九、李少仁、余文杰、罗迪烺、饶华松、周印澄、曹印陀俱到。有事不能来者李震苍、张朴、于莹征三人。四时开席，五时半方散，六时乃别去。今日肴十四色，酒二斤半，俱尽矣。晚看杂书至十一时。今日午前警报三次，可恶。倭人尚如①凶横也。十二时寝。

十九日　晴　十月廿八日　星期三

六时半起，七时至院，途行遇警报。遇帅文甫、韩英

---

① 如，疑后脱"此"。

华,谈一刻许乃至院。九时至十一时五十分均为上课时间。课毕归,又有警报。到寓饭毕,疲乏甚。晚阅词选、集部一类之书。十一时方寝。

二十日　晴　十月廿九日　星期四

七时起,八时到院授课。午后半时与黎丹池同回,便至其寓奉看。越山坡而过,汗出如渖而腹馁甚。稍休息,与谈片刻,回寓已三时矣。饿甚后饭亦不能多吃,胸中甚难过。古人可食要当餐,诚经验语也。今日整天无警报。晚阅杂书并抄词数阕,俾明日授课。十一时寝。

廿一日　阴　时有小雨　夜子正雨数次　十月卅日　星期五

七时起,八时半到院,十时上词选二次,诸生已有领会者。安心听讲,是以有益。此班到堂人多,似感兴趣矣。十二时毕回寓。吃饭颇饱而有味,盖适当其时矣。午后四时空中发现飞机声，室外人皆立观之。予出门见机甚低飞且三发动机毕现，嗣以电话问省府，知为吾国飞机也。噫，予西迁四年，见我国飞机其为第一次矣。安得飞机成队，炸退倭兵耶？晚阅书，写信五件，至十二时方寝。

廿二日　阴雨　十月卅一日　星期六

七时起，今日九时拟往府，以雨折回，遂在寓中写信数件，看书。午后二时迟生回，问以各事。晚间看杂书，十一时寝。

廿三日　晴　夜有月色甚迟　十一月一日　星期日

七时起，至府买布二匹，取薪水，九时出。拟往土桥坝，见有情报一灯悬矣，遂匆匆回寓，饭后看杂书。昨写冯汉骥、汪奠基、孟广潭、谭哲信俱发出。午后三时命迟生返校。晚阅书至十一时寝。十二时枕上朦胧闻飞机声大作,似有十馀架。但无警报,或者我国飞机袭敌人耶?予未起视。

廿四日　晴　夜十二时小雨　十一月二日　星期一

七时起,今晨五时半闻飞机声,似低飞甚速者。六时闻又有一机声,遂有警报。予仍未起也。九时用电话问省府,知为我机,已飞炸汉口、南京等处矣。事之确否待查。然敌屡炸我后方,民众无辜而死者何止千万,此仇乌可不报哉。正午出门,午后抵府洗澡一次,就民厅合作社买糖及纸烟,均甚便宜。民厅一切办事均较省府好而有条理,用人甚少;省府则人多而不负责,遇事受攻击则主官无办法也。四时归饭毕,为学生朱翰昆改填词甚费力,此生读词不多且不知用典法,然尚属用心者。十一时寝。

廿五日　雨终日　十一月三日　星期二

六时半起,七时半饭毕,起行至教院授课。天雨路湿，所着皮鞋夹脚甚痛，上课三次，正午归，行一时许乃抵寓。饭后未作事，晚阅杂书至十一时寝。

廿六日　雨　午后阴　晚仍雨　十一月四日　星期三

七时起，八时半到院授课。十二时至城内民享食堂吃饭毕，便访朱士堪，知宋济贤不来，仅其女来施云云。访李晓圆先生谈甚久。四时至北门渡河搭汽车至土桥坝下，至图书馆借书，五时归。饭后看书二小时，十一时寝。

廿七日　雨终日　十一月五日　星期四

六时起，七时饭毕至院授课。正午归途雨大，行甚迟，到寓饭后小睡。三时约姚库员□书、吴书记来吃饭，因姚已考取军校，予为之饯行也。晚十一时寝，多梦且杂，未能之[1]记之。

---

[1]　之，疑后脱"一一"。

廿八日　阴　午后转晴　早大雾　十一月六日　星期五

七时起，八时至院授课，途行甚缓，连日所见上官坡至院通途处蔗林数处，且有香气扑鼻。"蔗境"二字诗人屡见，但未闻以香称也。今日教国文科，诸生似均有领悟，但尚未试其果能一一填词否。午后一时回寓，途中拟成九日萸会诗。到寓吃饭，晚偶检出吾邑柯庵三游洞诗。盖光绪乙巳六月初七柯在洞与傅弼卿军门，黄叔颂、孙词臣两观察宴集时所赋者。柯长于八比文，清代为张文襄公之洞所拔识，《江汉炳灵集》八股文选刊柯作最多。柯迩时过宜，已任八省膏捐大臣之职权，仅办理鸦片公卖之事，其位置驾乎督抚而上也。其诗云："洞府凌虚突兀开，访碑联骑雨中来。文章自古多憎命，天地何心不爱才。万里炎荒垂老别，一门风雅胜游陪。漓江泛罢牂江接，头白今年放棹回。"予髫年闻先君子言柯文得翰林无愧，且曾任学台大主考等职，尚不知娴于诗也。写字看书疲甚，十一时寝。

民国三十一年（1942年）　九月

廿九日　早大雾　晴　十一月七日　星期六

七时起，九时至省府晤包、周诸人。十一时至民享社吃饭，十二时至教院，午后二时授课，四时半回寓。饭后抄文二篇，备油印以分诸生者也。晚阅杂书，欲补作重九萸会诗，以身疲而止。十一时寝。

十月

初一日　早雾　旋晴　今日立冬　十一月八日　星期日

七时起,九时有警报,清理室中诸事。午后三时约蓝芝谷、李震苍、张朴、汪文伯、杨育民、同屋贾伯□吃饭,仅陈庆复、陈松亭未到。四时半开席,六时半方散。李、张等出门已天暮矣。晚阅杂书,十一时寝。

初二日　晴　晚雨　十一月九日　星期一

七时起,饭后往教院取补薪兼接洽各事。至民享社吃饭,途遇纪廷藻,与谈各事。午后回寓,晚写抄各文稿备下次授课用。十一时寝。

民国三十一年（1942年） 十月

初三日　阴晴不定　十一月十日　星期二

七时起，饭后阅书一小时。午正往教院接洽各事，下午二时授课。傍晚归，饭后阅书一小时，阅《中国近百年史》，湘人罗元鲲所编集者，尚翔实。阅至十一时寝。

初四日　晴　晚雨至旦　十一月十一日　星期三

七时起，午后一时到教院，二时授课。今日方将训练班国文钟点退出，学生程度太低，讲解费力也。傍晚归，饭后阅《小学集注》四小时。十一时寝。

初五日　阴　下午晴　晚小雨　十一月十二日　星期四

七时起，九时饭毕，十时半至土桥坝民享社，本县同流寓施南者约聚餐，且调查各家近况也。予到时已十一时半,与会者已来八十馀人矣。与陈豫生、余子祥略谈,转钟半点方食,一时半照像毕。至包贡九寓中坐谈片刻,四时半方到寓。知刘萃三已来予寓,并未与会也,留之饭,晚间与谈甚久。因迟生今日未回,留萃三在此宿也。睡后谈不休,十二时方睡熟。

初六日　晴　午后五时雷声作　七时以后大雨　十一月十三日　星期五

六时起,因萃三在此,予已不能睡矣。七时与之饭毕,八时别去。予遂至教院,为时尚早,休息一时上课。讲填词各法已毕,下星期嘱诸生试作之。下午至省府取米不可得,派勤务到府先后六次,竟不得米,此上月份未取者,将来更困难矣。粮政职员多、开支大,而所办公务员之食米至发生如此恐慌。闻近六日各校学生无食粮,小儿今午亦回家云校中无食,教师令之归。如此庞大组织之粮政局,尚何以自解欤!此真谚语所称"饭桶机关"者也。晚雨,室中大漏,扰扰半时乃止。阅各书,不得要领,自遣而已。昨闻吴寿田先生痢疾谢世,原拟今日往吊之。寿田为革命老同志，辛亥以前励功甚多，民元被选为参院议员，袁氏解散国会后彼又往粤一次，自是亦未作他事。西迁后与予见面不过六七次，前月双十节与之叙谈，见其容颜滋润，予谓其有返老之象，今竟死矣。可见人之气色佳晦与否不能判其夭寿也，革命元老又弱一个。噫！倭寇尚强，我国尚无收复河山消息，奈之何哉！十二时寝。

初七日　早阴　午后雨　十一月十四日　星期六

七时起，今日拟将久积之函复出，饭后写卫灿先、张泽君、周笠渔、邓实、王伯彦、朱伯侯、蔡德瑜、孙稚屏等十三函，至晚九时半乃毕。十一时寝。

初八日　阴　早小雨　十一月十五日　星期日

八时起，九时饭毕，梦闲出门，嘱将各函付邮发出。午后阅杂书，四时写傅幼虚、龚沛霖、孙寿山、姜昭阳等四函备明日发出。

初九日　阴　时有小雨　十一月十六日　星期一

八时半起，倦甚。今日上、下午吃饭均饱，饮酒三次。段继李来谈片刻去。晚间贾伯齐来谈甚久，看杂书并抄全榭山《梅花岭记》。十二时寝。

初十日　晴　有月光　十一月十七日　星期二

七时起，八时饭毕，十时半到省府。刚至警报作，在防空洞口略立片刻。到府后知刘慕曾请客，下午在汪文伯寓吃饭后往教院上课，已迟卅分钟矣。仅上一堂而生徒均未到，与八九学生谈话而已。四时半再到府，五时慕曾约客均齐，仅熊裕系外客一人。酒肴均佳，有鲍鱼汤，则四年来未吃者也，糕点亦好。七时散席，予与曹仆先归。九时为学生改词，至转钟一时方寝。

十一日　阴　小雨　午后四时雨　十一月十八日　星期三

八时起，匆匆到教院，至则刚下堂。小憩即授课，下午一时方归。饭后解衣睡二小时，四时乃起，六时吃饭，七时写词选备明日功课，十一时寝。

十二日　晴　十一月十九日　星期四

七时起，倦甚足软，至教院已九时矣。上课至十二时归，欲往吴宅吊寿田先生，竟不能往，俟明晨专诚往奠之。吴先生今年六十一岁，颜色滋润，不料其死也。以气色观人，江湖量相之流耳。到寓吃饭后小睡半时，晚间写范寄沧、李佛波、孙三元、朱祐廷、孟啸鹤函备明日发出。十一时寝。

十三日　雨　十一月二十日　星期五

七时起，八时半饭毕，原拟今日往吴宅吊唁，以雨遂止。天下事要做时即做，凡事不决，今又天雨矣，吴宅何时可往耶，因循之弊如此哉。午后写王理原、关金亨函寄老河口，一问叶炳然家中情况，一托购物也。写李廉方先生函，又干训团刘莒森函转刘伯阳信。十一时寝。

十四日　晴　有月色　十一月廿一日　星期六

七时起，九时以后阅杂书，如诗文学一类，无足观也。近时新文学之风稍杀，大约一班人之觉无味矣。各学校教员教学生以语体文，故学生程度日低，不读古文，不背诵，作文时无材料，空洞无物，不能不说白话，而所谓新文艺作家东涂西抹，古文一句可说竣，用新文字可做七八句说，动曰我能作数千言至数万言。吁，那知人间有羞耻事耶。晚欲作诗未成，十一时寝。

十五日　晴　晚月色佳　十一月廿二日　星期日

七时起，九时饭毕，十时带同迟生、定生往图书馆还书，未遇其管理人。便至建设厅，晤张、徐、周三秘书，并遇石麟生，自利川来者。十二时至包贡九寓谈片刻出，因约刘菖森来寓吃饭，恐其到也。下午半时回寓，刘未晤即去，留片云已带队往龙凤坝参观去。晚阅杂书，十一时寝。今日正午有我国飞机十馀架往炸敌人，四时有警报云敌机来侦察重庆情形云云。

十六日　晴　晚月色大佳　今日小雪节　十一月廿三日　星期一

七时起，九时饭毕往省府，知我国飞机昨炸沙市、沙洋之敌，毁其军实、油库等等。是否确实，姑且为快，四年间只见敌机炸我后方。

十七日　阴晴不定　十一月廿四日　星期二

七时起，午后一时往教院授课，有警报一次。四时回寓，晚为学生改填词并诗，至十二时寝。

十八日　阴　午后晴　十一月廿五日　星期三

七时起，八时匆匆至院授课。正午回寓吃饭，晚间阅杂书，十一时寝。

十九日　阴晴不定　晚大风　十一月廿六日　星期四

七时起，八时饭毕到院授课，十二时回寓。今日在途购得猪肉十三两，以莱菔煮之，味鲜美，饮酒二次，午餐、晚饭均饱。十时写信三件，十一时寝。

二十日　阴寒　十一月廿七日　星期五

八时起，倦甚，饭后未出门，自将旧呢涤洗一次。补写廿九年在瓦庙子病中未竣日记三小时。迩时已嘱迟生便记之，阅后触类书之而已。晚十一时寝。

廿一日　阴雨　十一月廿八日　星期六

七时起，今日原拟往建厅，因雨遂止。在寓看书写字，并看学生课卷。填词俱系初学，教之廿馀课，总算能动手矣。午后书记刘子夔来，请予明日吃饭，在凉桥味雅，已面辞之，云明日不雨即来陪客云云。晚十一时寝。

廿二日　阴　十一月廿九日　星期日

七时起，十一时至省府。闻贡九云，四川巫山、奉节与湖北建始、利川四县边境毗连之处，中央电两省之府委人会勘，须新设一县。因民厅签呈，由省府派一参议去代表负责报告。贡九以予合格，须派往云云。午后二时回寓，晚阅诗词一类书，至十一时寝。

廿三日　阴　午后晴　晚见星斗　十一月卅日　星期一

七时起，九时饭毕，至省府及财政厅晤及范子琦、周羡、易泮香谈甚久出。下午三时归，饭后写信二件，晚十一时寝。今日至省立医院洗眼一次，较好。

廿四日　早阴似有晴意　午后二时忽大雨　至晚未停　十二月一日　星期二

八时起，十一时饭毕。午后即往教院，因今日开训道会议，须早到也。一时半方开会讨论研究，至四时方毕。大雨未止，借孔宅伞、鞋归，衣袜俱湿透矣，今日有雨则非予所能料也。饭后阅王少泉、葛韵春来信。又云海霞一函，知已抵谷城，该地物价甚廉云云。晚十一时寝。

廿五日　雨终日　寒　晚至十一时未止　十二月二日　星期三

八时起，饭毕冒雨行，途中吃力，皮油钉鞋夹脚指甚痛，此路又非油钉鞋不可。九时半方到院，学生在堂未散去，予遂讲授，正午归，途中仍小雨。今日得袁次璋自成都来函，其父子青亦自浠水寄予之五十寿诗及萧液垓所作序、先父母墓志铭拓片，挂号递到，甚感，此久觅不得者也。十一时寝。

廿六日　阴寒　对面高山积雪　十二月三日　星期四

八时起，匆匆到院授课。正午往省府一次，继往民厅晤地政科徐科长，告以建始、巫山、万县、利川等之插花飞地划界事，非一时所能出差勘界也。四时归寓，知胡玉斋今日来寓一次。晚寒甚，仅阅闲书而已。十时寝。

廿七日　阴寒甚　十二月四日　星期五

八时起,九时胡玉斋来谈甚久,留便饭去。午后为玉斋事至府,与李科长谈及为黎邵平预拨薪水事。三时至土桥坝杨稷臣处与玉斋回信,便至建厅谈半时,晤肖峰,周、黄两秘书,告肖峰以定期请李范一、聂守经诸参议员也。四时归,今晨倦甚,足力不强,因玉斋之托不能不到省府也。十时寝。

廿八日　阴寒　十二月五日　星期六

八时起,午前看书写字约三小时。午后一时至教院开讨论会,孔宅办有茶点、糯米饭、包子等,甚佳。五时到土桥坝省银行办事处,王、熊两行长请本府秘书处同仁也。五时半开席,酒肴均佳。六时半方散,予因曹仆往接,遂同回寓,天寒甚,行一时许乃到。十时半寝。

廿九日　阴寒　十二月六日　星期日

八时起，九时早饭毕，十一时至曹台长处略坐，即往七里坪赶场。买物者已区分在两街头，行路较易，此警察局之力也。下午二时归，嘱迟生吃饭早回校，并复朱祐廷函，嘱之付邮。四时晚餐，饮酒一杯，菜可口，食甚饱。晚写诗稿，十一时寝。

三十日　阴　十二月七日　星期一

八时起，早饭后看杂书。午后清理室内外各事，约三小时乃毕。为高督学其冰写条子一张，高前屡请予写条及诗相赠者也。今春在高罗初级中学与之同住数日，知其亦能诗也。晚阅报，国外战局俄国似稳定，倭寇无甚进展。十一时寝。

十一月

初一日　阴晴不定　今日大雪节　十二月八日　星期二

七时起,十时早饭毕,十一时到院。先去购油盐并理发,午后二时上课,下午四时回寓,晚写各处信,十一时寝。

初二日　晴　雨　十二月九日　星期三

七时起,八时到院,九时上课。正午回寓,途中带回皮子等物。今日晚饭食甚饱,饮酒二次。晚十一时寝。

民国三十一年（1942年）　十一月

初三日　早阴　午后晴　寒甚　十二月十日　星期四

七时起，八时半到院授课。音、体两科合班，学生程度不齐，且不向学，闻向来如此，不及国文专科学生之整齐诚意听讲也。正午回寓，晚阅杂书，饮酒御寒。十时寝。

初四日　早大雾　九时半方晴　十二月十一日　星期五

七时半起，十时饭毕，至省府为买柴米事。至建厅为请李范一、聂守经等便餐事，至邮局取万隆焜所汇款二百元，又寄来包裹油鱼卅二个、条子干鱼八个、银鱼六两。此生多情，去夏曾寄银鱼一次，邮费十四元五角，尚在未加价之前所寄者也，估其价已逾百元矣。又谓刘有国汇予百元。刘虽为昔年学生，无甚感情，且教彼不过一年，何其多情耶。四时向图书馆又借《聊斋》及《施南府志》归。晚九时为学生改文，今日接萧中荣自鄂城来函，知其已由渝安全到家矣。又接朱汤庄化山来函，述阳春妻女穷困事。此人无良，一至于此。十一时寝。

初五日　晴　十二月十二日　星期六

七时起，九时早饭毕，十时阅杂书，午后外出一次。迟生三时回寓，问以各事。晚饭后为学生改文，至十一时方寝。

初六日　晴　十二月十三日　星期日

七时起，十时早饭。十二时至省府晤及施方白谈片刻。午后一时至建厅，泮香已先到陈肖峰处候予，遂与石抵中等同往民享食堂。三时李范一先到，未几曾义成、熊铁华来，久候聂守经不至，因渠未下车，与铁华言即来也。候至四时半开饭，四肴一汤，均丰美，另添面饼一盆，盖该堂经理人某系李之旧属也。六时方散，予匆匆归，途中无行人，到寓前里许始遇曹仆来接，幸有微月光照地，予尚不惧也。到寓后仍为学生改文，至十一时半乃寝。

初七日　晴阴不定　十二月十四日　星期一

八时半起，疲倦甚，十时早餐。午后为学生改词颇费力，初不应试，学生以《渔家》一阕，系用仄均。学生胡乱缀句，予则改时受窘矣。晚间仍继续改之，至十一时半寝。

初八日　晴　十二月十五日　星期二

七时起，九时饭毕，十一时曹仆要走，已算账与之。彼来仅两月馀，以难民集合振济会发款遣散回籍，予不能留也。午后一时至教院授课，四时半归。晚间将国文科学生试卷改齐，至十二时方毕，遂寝。

初九日　阴　十二月十六日　星期三

七时起,八时出门,刘迪轩在路上与予遇,云其回湘,明春方来也。到院已迟到一刻,径上堂发所改填词。下堂后到省府取所做棉衣,仍未成,取信纸等件回寓。吃饭后小睡一时,晚看杂书,十二时寝,转钟三时闻骤雨。

初十日　晨雨至晚四时半　寒　十二月十七日　星期四

七时起,午后得孙次屏挂号信并寄来包裹一件,预新式纸烟二盒,每盒百根,又哈德门二盒、仿大英牌一盒,照恩施现价计算约值洋八十元,邮费约七元。又接邓实、范寄沧自渝来信,刘桂轩自湘来信,云有银鱼及纸烟寄来。昆明陈子谷,黄冈曾心如、刘伯阳来信。晚复李佛波、黄翰明、冯艺林信,俾明日发出。十一时寝。

民国三十一年（1942年）　十一月

十一日　阴雨　寒　十二月十八日　星期五

八时起，倦甚，十时饭毕。今晨来一雇工程明善，补曹仆之缺者，梦闲带往省府买物去。午后阅杂书，晚写复万炎午、邓实等信六件，十一时寝。

十二日　早阴　十时以后晴　十二月十九日　星期六

七时起，十时饭毕，梦闲到省府取回新做棉制服。午后刘石逸派人送来火腿一支，此即七月间刘晓庶嘱其甥带来礼物未交到者也。晚①胡林贵堂信，并嘱稚珊抄新谱中先君行状及孟夫人引述一篇寄施备阅。十一时寝。

---

① 晚，后疑有脱字。

十三日　阴　晚七时以后雨　寒　十二月二十日　星期日

七时起，十时饭毕，带同定儿至土桥坝包宅略谈近日省府事，至图书馆借书数种归。晚间阅书三小时，十一时寝。转钟后梦见先父母仍居在一宅中，状如曩昔，久未见父，枕畔犹隐约记诸事也。

十四日　雨　午后阴寒　十二月廿一日　星期一

八时起，十时吃饭。十一时磨墨，为刘石逸、刘晓庶、孙稚屏写条子、大小联八九副，至四小时之久。晚饭后看《中国六十年大事记》，上海太平洋书店出版，编者署名半粟，不知何人也。起清同治五年丙寅，迄民国十七年戊辰，颇与予之日记有相关者，字虽小，然以爱故不能不阅也。他日当取予清代日记补注增加，可为他山之助也。今日写字过多，头晕目眩。十一时寝，多杂梦。

十五日　阴　今日冬至节　十二月廿二　星期二

八时起,午后往教院授课,四时半回寓。晚间为刘石逸补写条对等件并送小庶各条对等。十时半寝,多梦。

十六日　阴寒　十二月廿三日　星期三

七时起,八时至教院授课,为学生讲词并举二诗试例也。十二时归,遇龙智仙,说各事。遇包贡九、傅康屏,便过其寓吃饭,粮政局副局长程□、黄冈人。崔吉六均同席。午后三时至省府买得木油五斤归,四时半到寓。饭后阅杂书。今日发胡林贵堂信,嘱稚珊抄先君行状及孟内子小传来施以便参考一事。十二时清理案上各事毕寝,多杂梦。

十七日　阴寒　十二月廿四日　星期四

七时起,八时半到院授课,但时间已过,院中号兵钟点忽迟忽早,任意为之,与省府号兵同,但管理上课时间者亦淡漠视之而已。正午十二时归,吃饭后疲甚思睡,连日行路足无力,极以为苦,而省府与教院间距离相近处又无房屋可租也。睡一时许再起,晚间看书写字。五时半吃饭,饮酒一杯。十一时寝,多梦。

十八日　阴寒　十二月廿五日　星期五

七时起,饭后阅谢无量所著之《诗经研究》,以白话文编之。谢于《诗经》确有心得也。晚间写信四件。十一时寝,多梦。

十九日　阴寒　十二月廿六日　星期六

九时起，倦甚，午后续阅《诗经研究》，晚间补作重九登高诗词各二首，因张笃周催印也。九时构思，十一时诗词俱成，圆熟甚，明日可书之。十一时半清理案上书籍等。十二时寝，转钟后多梦，拉杂可笑。

二十日　阴寒　十二月廿七日　星期日

八时半起，饭后看《施南府志》。午后写昨日所作诗词，又改十馀字。晚为学生改诗词十馀篇，因有胡生宁康所作须编入某报纪卅二年元旦者，明日须送与之。十二时方寝，梦与李佛波晤于武昌，彼已租一里份居住，并见其大妇，说话甚久，鸡鸣时枕上记之甚悉。

廿一日　阴寒　十二月廿八日　星期一

九时起，因昨睡迟又多梦，今日起甚迟也。十二时吃饭，来一高绍文，献县人，谈一时许乃去。予匆匆至省府办理各事。午后三时半到教院，将所改诗词交胡生，与孔肖云谈片刻即回，到寓时已上灯矣。晚饭后写字看报看杂书，至十二时寝。

廿二日　阴　十二月廿九日　星期二

七时起，十一时饭毕，往教院行甚迟，下午一时到。今日学生为办理壁报，又筹备演剧事，上堂人少，至将正课抛荒。近两年来各校均如此荒娱，校中当局亦不之禁。噫，一月能有几日读书耶？四时半到省府，今日刘慕曾、饶华松、施建生同请客，本府同事廿一人，施方白、吴羽仙等；外客则李瑾，浙江人，新自小关专员公署调文艺委员会者。馀如吴嘏熙、郭骥等，未与周旋。酒肴甚丰，七时毕。八时半回寓,阅报一小时,十一时半寝。

廿三日　阴转晴　十二月卅日　星期三

八时起,今日未到院,因学生连日忙预备演戏事,无人上课听讲也。十时半徐仆来寓,带之往土桥坝图书馆还书,便还省府书。行至店子坪,有警报,予匆匆至馆交各书毕,至民厅晤萧液垓谈片刻出。欲至府,途中遇紧急警报,敌机已凌空矣。遂向山上树脚暂息一刻钟,下午一时解除警报后到府领本月份薪水,与施、包诸君谈片刻出,送信与段继李。三时半回寓,四时半饭毕。晚间阅书报,至十一时寝,多杂梦。

廿四日　阴　十二月卅一日　星期四

八时半起,十时王视察来谈甚久去。宣恩万寨乡公所送函来,罗乡长年凤代予购得糯米二升、葵花子一升,共付价四十元,并给来人力洋十元,留饭一顿,便托其再购鲤鱼腌之，另付卅元去。十一时带同定生往喜鹊溪、官坡等处一游。午后二时归，便购皮子等物以佐餐。五时迟生校中已放假回寓。闻连日敌机炸三斗坪甚惨，建设厅及四川民生公司船只共被炸沉八艘，闻死伤人数约六百人以上。噫！敌机肆虐吾国，每次必有一批血账，何时胜利，复此仇耶？十一时欲寝，偶检前日李瑜所赠之《子午山纪游册》阅之，内容有诗词序画等等，纪贵州遵义郑子尹、莫子偲、黎纯斋三人坟墓事迹。中叙郑墓无人管理，其族支亲戚亦不贤；莫之后远在苏杭，其墓树尚有人致敬保护之；黎则侄孙等均住其第宅，巍然存在，李瑜、赵遒康、冯励青、罗巴山诸人均住宿在黎宅酒食，丰子恺为作画七帧，然画粗犷无可取也。阅毕视表，已转钟二时矣。

廿五日　晴　中华民国三十二年一月一日　星期五

七时四十分起，昨睡极迟，一觉直到天明未醒，亦无梦兆。今日为新历元旦，记去年在包贡九寓中联句，予值宿省府未归也。饭后清理室中各事，午后一时带同迟生、定生往包贡九寓。闻秘书长已改任许莹涟矣，此中调升情形外人无由得知，因突如其来也。刘千俊仍为委员云云。四时回寓，饭后即小睡。六时姚勉卿来谈来凤近情，且知张泽君已改委矣。泽君从前视县长为易事，此际解职是其幸事，再往下去更无法支持也。今日为卅二年元旦，天清气爽并无警报，亦是佳兆。晚十二时寝。

廿六日　阴寒　一月二日　星期六

九时起，十时饭毕，十一时半至省府，并发萧中荣、龚少山信，就秘书处观戏，午后二时半开场，《神亭林》①武戏也，无甚精采。二出《武家坡》，谭叔隆秘书饰薛平贵，陈洁女士饰王宝川。谭嗓音小，唱做尚不错，其人聪明；陈女士久于习艺者，唱做均佳。第三出《黄鹤楼》，予看初套即出，不耐久坐也。四时半归，饭毕疲乏殊甚，小睡半时。晚写重九登高诗词，俾明日送往张笃周处。十一时半寝。

---

① 《神亭林》，疑应为"《神亭岭》"。

廿七日　阴寒　一月三日　星期日

八时起，十时饭毕，写汤璞逊、朱茂林、叶炳然函，备明日发出。十一时至洗爵溪，便往曲水洞访张笃周，送诗词去，托其觅住宅，便晤饶聘卿、李晓园及生客二人，馀则前次荚会诸人也。十二时半就其家便饭，二时半未终席，与任之同往于莹征处祝其婚礼，客多，酒肴均丰，五时半亦不能终席，惧天晚难行也。与曹台长同回，途遇仆人来接，到寓后仍食饭，因两餐均未食，终局须补饭也。今年自改参议以后，食量已增，足力较健。晚九时写信，至十二时寝。

廿八日　晨北风　寒甚　午后阴　一月四日　星期一

八时起，十时饭毕，至七里坪文艺会访石信嘉、白如初均未晤，与廖秘书谈片刻出。至警察所，所长郑德宣未在所中，仅与其巡长说各事。再至乡公所，乡长张某亦不在所，晤其经济主任康某，谈数语出。此两所均无形势精神，食粟而已。至邮局买邮票十元，与蓝局长谈片刻，知前日三斗坪、巴东相继被炸后，老河口又被炸矣。恩施报纸并不载此消息，殆所谓爱国心欤？殊不知载倭寇凶残，使吾民深刻痛恨，不较愈于讳疾耶？四时半到省府，与李科立谈数言出，回寓已黄昏矣。饭后阅今日重庆陈汉存及鄂城洪英，五峰张伯民、朱衣仲、周鹏程、李晓波等函。九时阅《词律》，至十一半寝。

廿九日　阴　寒甚　一月五日　星期二

九时起，十时早饭，十一时至教育学院，午后上课一堂，至东门访许伯蓬，知今日停诊。至通志馆访李小园先生，说明李焴地点，在馆遇同学雷律丞，监利人，自咸丰来施转襄阳就事者。与谈片刻，约其明日到土桥坝民享社吃饭，匆匆出北城过新成之行易桥，似尚未成功者。在汽车站搭车至土桥坝步行回寓，足力已疲。晚饭后清点明晨上课课程，十一时半寝，多梦。

腊月

初一日　阴　微雪　一月六日　星期三

八时起,九时到院,带同工役买油盐,上课二次,寒甚。午后至省府补领八成加给,往建厅晤肖峰,知雷律丞上午即来厅,十时已返城内矣,与予所约时间不对。予以足疲甚,不能再至城内走访也。三时回寓,吃饭后小睡二时许。晚清理书籍还省府,明晨着人送去。十一时寝。

初二日　阴　寒甚　一月七日　星期四

七时半起,八时半到院授课,已过时矣。仅上一堂,十一时以后国文科开会,为今年春季更授功课事。派予教曲选,学生程度低,词刚教以门径,又教曲,恐难收成效矣。午后因实行道师制，约万儒刚等开小组会议，约一时毕。学生李绶玺随予来寓中，欲阅予所写日记，因渠亦有日记也。留之便饭，并抄予记双十节一段事实以去。鲁警佐祖珍来谈甚久去。晚阅杂书，至十一时寝。

初三日　霜　晴　寒　结冰　一月八日　星期五

八时起，十时饭毕。正午至电台打电话请阎任之改刊图章，至七里坪看赶场，午后回寓。晚写致洪英、刘伯阳等七函，十一时半寝。

初四日　大霜　阴寒　一月九日　星期六

八时起，九时半饭毕，十时半带同徐仆往金子坝，约行一点半钟方到省党部。访黄稚明主任，因渠函约欲来予寓也，谈一时许出。至冯少岩寓中谈半时，食面一碗，与同出，至三公桥分手，彼往保安处授英文。予回寓时已薄暮矣。饭后即睡，因疲甚足痛也。睡一时半乃醒，贾伯齐来谈一时半去。十一时半寝。

初五日　霜　结冰　晴　一月十日　星期日

八时起，闻飞机声，嗣后警报频作，闻系敌机来，我机初停恩施飞机场矣。午后一时往陈豫生家，途中遇警报，在山腰小憩数次，三时乃到陈寓。傅逸尘、李以祉俱在其家，遂同进城至通志馆，今日李馆长晓圆约便餐也。四时半客齐来，五时半开席，同席者陈鸣书、饶校文、廖西平、李子瑾、陈志纯、李焴等。七时半徐仆去，持灯回寓。夜寒风紧，颇难受，到寓足疲无力。十时半寝，多梦。

初六日　阴　下午晴　一月十一日　星期一

九时半起，倦甚。十时教院通知学生全体请会餐。十一时半到时已开席，菜冷饭粗不能食，予略举箸而已。正午在休息室与黎、王、孔诸人谈片刻，至省府坐一时许。

至邮局购汇票,罗年凤、孙稚屏各汇五十元。取回报纸,立煌收复,潢川剧战,恐敌人欲打通平汉路线,以后鄂东豫皖边境百姓不能安枕矣。阅报,福州自一月一日起至八日止,雨后飞雪,奇闻也。福州暖甚,予癸亥在闽闻督、道两署同事云该省六十年未见下雪,文人几不知雪之状态如何也。晚十二时寝,梦先父母在一宅,一切不异生时。

初七日　大霜如雪　晴　寒　一月十二日　星期二

八时起,上午有警报二次,午正往教院,下午二时授课,四时半回寓。晚阅杂书,十二时寝,又梦先君。

初八日　大霜厚如雪　寒甚　一月十三日　星期三

七时半起,八时半至教院,刚到时闻警报,遂至休息室,各班学生均下堂,久候解除。购得食盐以归,便往省府探问各事。下午一时回寓,饭后小睡。晚间为学生改诗数首,十一时寝,多梦。

初九日　阴寒　一月十四日　星期四

八时半起，饭后至七里坪赶场，买肉五斤十两，去价四十五元，去腊廿元可购肉十斤，嘱徐仆送回寓中腌之。早晨先买三斤，此即今年腊肉也。至文艺会访李子瑾谈甚久，看郦某字画及丰子恺之作。李并示其文集，则卅岁以前所为文也，亦典雅可诵，致章太炎一书骎骎入古矣。其诗词予曾见之，画未见其整幅。四时归，五时饭毕，小睡半时，晚九时饮酒一杯，十二时寝。

初十日　阴　一月十五日　星期五

八时起，十时到省府换购物折子。闻各职员已赴城内干训团去矣。取得刘伯阳、曾心如信件归。晚间贾伯齐来谈甚久去。十一时寝。

十一日　晴　一月十六日　星期六

八时半起,疲倦甚。午后阅杂书,今日段家庆同惠质夫来谈甚久,留便饭去。晚未作事,十一时寝。

十二日　阴　晚晴见月　一月十七日　星期日

八时起,五峰刘肇沛来,持有张伯名介绍函,与谈各事,留早饭去。午后三时刘有国、李定饴、姚兆麟来寓,李、刘系予预约者。刘述汉口近事甚悉,且知何韵珊之死系日本一小军官所枪者也。杨揆一近虽名为省长,仍受制于敌人云云,五时散去。周适安同刘夙起来,略谈即去。晚十一时寝,多梦,奇离之至。

十三日　晴　一月十八日　星期一

八时起，饭后为孙稚屏作画，补作陈豫生山水已竣，孙画亦草草成功。现时作画少兴趣，墨砚不齐备，更不能设色也。近时施南遍觅花青、胭脂等物俱无之。刘肇沛来乞予写荐函二件去。晚未作事，十一时寝，多杂梦。

十四日　晴　寒　一月十九日　星期二

九时起，十时饭毕，十二时往教院，就其合作社理发。二时授课毕，便访陈豫生谈半时，归家已黄昏矣。饭后小睡一时许，八时起整理书桌上各物。十一时寝，多梦极杂，转钟三时醒，醒后又梦。

十五日　阴　寒甚　晚十二时雨　一月二十日　星期三

八时起，九时到院上课。午后一时到省府买油盐等物并取得元月份加发之八成年金，今岁腊月各职员所不及料者，以贫窘中有此二次加给，不无补助之益也。四时归。饭后阅报，战局苏英俱转好，中国则立煌失后至今未恢复。鄂东行署失地不少，将何以善其后耶。晚十一时寝。

十六日　早雨午后阴　晚晴　元月廿一日　星期四

九时起，早闻雨声，是以晏起，未到院也。午后阅报并接傅幼虚、姚兆麟函，一时补作孙稚屏等画件。晚十一时闻附近有野兽发怪音四五声，且长如放汽笛，翁家有人出喊，犬吠乃走，明晨当询之为何物也。十二时寝。

十七日　晴　一月廿二日　星期五

九时起,饭后为孙稚屏、陈豫生补画件已成,备明日发出。阅报,外人战事有进展,吾国战事,立煌失守后尤未图恢复也。晚阅杂书,十二时寝,转钟后多梦。

十八日　阴寒　晚十时大雨　一月廿三日　星期六

八时半起,饭后至土桥坝寄孙稚屏画件,至包宅请笠渔代寄刘肇沛荐函,至张百熙家便饭。午后至省府购米票付款,至民厅晤段季李,四时回寓。今日已将徐仆辞退,此人甚懒,不爱清洁也。晚十一时半寝。

十九日　雨终日　寒甚　一月廿四日　星期日

十时起,昨至教院知今日上午九时开校务会,以雨大路滑难行，决计不往，是以晏起。饭后在家看杂书。晚整理日记簿子，今岁腊尽须补缀逐年日记。予自甲子年在闽写日记，每日不缺，廿七年西迁，仅带是年日记，馀在胡林以一箱置之，曾嘱族兄保存，谓此箱内较衣饰为贵。今在此所藏已十本矣。十二时寝，梦见先君似在一新县城内有新成屋三栋，又在闹市有大屋二栋，与予商议定租价若干，旋出街过一酒店，额书"傅座"二字，此地系沦陷后已收复者，天明记忆甚清。

二十日　阴寒　一月廿五日　星期一

八时半起，九时吃饭半碗，至教院考音体专修科应用文。十二时毕，便至省府取信件、报纸。三时回寓，饭后小睡。晚间写复各处信件，皆积压者，必须复出，计刘肇沛、刘葛森、王黎夫、刘伯阳、石信嘉、袁炳南、宋济贤等，写至转钟二时方寝。梦先母如平时。噫！予流寓施南已逾三载矣，每念先人坟墓在籍无人照管，今又届岁暮矣，枕上思之，不胜怅惘。

廿一日　雨终日　寒甚　高山有积雪　一月廿六日　星期二

九时半起，饭后写陈豫生函，转祐亭原函去，复万炎午、孟广漳、王宇澄、傅幼虚、胡文卿函，备明日发出。迟生今日放假回家，大雨路滑，衣履俱湿矣。晚写孙稚屏一函，十时半寝。

廿二日　阴寒　微雪　一月廿七日　星期三

八时起，九时饭毕，至教院考国文科学生填词。午后一时回寓，寒甚，饮酒一杯。晚写信一件，阅报美英似占胜利矣。十时寝，梦先姊状如平时。

廿三日　阴　雪　一月廿八日　星期四

七时半起，八时半饭毕，到院考英算合班学生国文。午后一时回寓，饭后小睡。今晨忽患目疾，右目红肿矣，晚欲阅学生卷不可能也。十时寝。

廿四日　晴　一月廿九日　星期五

九时起，右目仍红痛。十时半饭毕，带同定儿出外一游。先至包宅，继往民厅、省政府取元月份薪，午后二时回寓。晚间目痛，十时寝。

廿五日　阴寒　一月卅日　星期六

九时起，目疾未愈。饭后廖玉田来述各事。夏卫民自利川来，云不日赴宣恩秦宅度岁，便带片嘱去晤朱敬丞、周鹏程转告予况，不能作函也。晚贾伯齐、杨育民先后来谈去。十一时寝。

廿六日　阴寒　晚小雨　十二时以后下雪　一月卅一日　星期日

九时起，饭后外出至省府、民厅，为曹台长辞职事，与许莹涟见面谈半时许，得张金光函知许曾住三一中学，名许昌海者是也，予则久已忘之。前年在建始晤见时似不认识，无从叙及之。在图书馆借书出，四时回寓，途中小雨。饭后阅学生试卷，国文科程度尚可，然不及从前武汉初中二年级。英算、音体两班所考之国文，应用文程度太低，且白话文予实不知其优点在何处矣，可慨哉。十一时闻下雪声，十二时寝。

廿七日　雪盈三寸许　二月一日　星期一

九时起，见平地雪深三寸，昨夜子正已降雪矣。午后阅学生试卷,晚十时乃毕,将分数册填就,明日派人送院。十二时寝,多梦。

廿八日　阴　寒甚　二月二日　星期二

九时起,今日因路滑未至教院取薪,而新来之仆愚笨,未能着之往也。晚以目疾未愈早寝,转钟后多梦。

廿九日　阴　寒甚　二月三日　星期三

九时起,饭后带同迟生往教院晤孔肖云,交试卷,至院取薪,会计不在院。至省府买得板炭五十斤,馀五十斤俟再取。张重心已有航空回信,彼已由酒泉调肃州国立师范学校教员,月得薪千元,不知彼教何课也,边区学校缺人教授可想矣。四时回寓,饭后阅杂书。十时寝,展转不成寐,大约转钟以后犹未睡熟,心绪纷乱如此可见矣。

三十日 阴寒 午后三时略见阳光 二月四日 星期四

八时起，十时饭毕，往教院晤孔肖云，已代予取薪矣。教部三十元之津贴此月未发，闻系未到。院中人事略有变更，苏信女教员辞职，邓毅生调图书室主任，胡志文调总务主任，皆陈友松之学生也。院事欠振作，难有起色。学生读书时少，荒废时日，可惜也。午后一时渡河缓步入城东门至正街，繁盛较前益进步矣，买糖果之店购者甚众。闻近三天施城鲤鱼每斤四十元，公然有人购买。肉每斤十元，尚不容易买得，奇哉。至县政府晤林县长谈半时，彼甚忙，闻对于恩施事已借款百馀万。晤秘书罗道学谈片刻，便托其二事出。仍步行回，见途中有菜花一畦，近时甚冷，何以此地菜花怒发耶？至省府，各职员早已纷纷回家，仅无眷属各员在寝室聚谈而已，取得孟广沄、刘汝璹、叶炳然三函，叶则久未得其状况者也。到寓已四时，嘱家人备酒肴，在室中点香烛、门外焚楮，遥祭祖宗。予流寓施州，三次度旧年，今晨至晚无限感慨，真笔难尽述，惟有默祝太平，还乡祀祖，则予之愿望耳。祀毕与家人共饭，程仆上午已回家度岁，亦不能勉留于此。张笃周派人将前款退来，开年再退还各家。九时以后清理室中诸事。癸未正月朔，立春在除夕十二时子正二刻，十一时五十分予具香烛迎春毕，遂寝。梦前鄂主席张群与予谈甚久，似有宴会者。并述及在黄冈任内吗啡案，彼曾代予主持正义公理，得以减君之危云云。又似敌人已退出武汉，予等安居情状。又梦先母仍居原籍宅中。

民国三十二年
(1943年)

是年施南物价奇贵，所产副食品供不应求。蔬菜极贵，鱼价每斤至卅元以上，肉则每斤十五元以上，其他能佐食者，无不十倍以上，法币贬如此。

后方同人以营养缺乏，时时思有公宴，相约或各家筹集二薪以谋一醉饱之。令非酒食相争逐也。

癸未元旦立春试笔　峙三山人继昌

须髯如雪鬓如丝，揽镜深悬少壮时。傲慢岂能居幕府，迂疏只合作经师。西迁五载存清节，东望三黄叹孑遗。愿祝汾阳复京国，赞襄抚辑责安辞。

爆竹喧邻动客思，如膏一夜雨丝丝。新春恰喜逢元日，彩笔生光写妙词。绕屋碧桃含媚态，当门青嶂见高姿。轻寒薄醉辛盘酒，自慰乔松得运迟。

日日深杯酒满，朝朝小圃花开。自歌自舞自开怀，且喜无拘无碍。

青史几番春梦，红尘多少奇才。不须计较与安排，领取而今现在。

世事短如春梦，人情薄似秋云。不须计较苦劳心，万事原来有命。

幸遇三杯酒美，况逢一朵花新。片时欢笑且相亲，明日阴晴未定。

右《西江月》二首，宋朱敦儒字希真。所作也，以明人生须及时行乐之意，录之，凡处世失意之人皆宜作退一步想也。

　　　　癸未元旦　峙山山人试湘制小鸡毫

正月

初一日　阴　小雨　今日立春　二月五日　星期五

八时予醒，未起床，曹台长来略坐谈去。贾伯其①来拜年去。予九时半方起，饭后试笔，写诗一首、词二首。目疾已减轻，右目肿已消矣。今日日食，去年报载日本可见全食，以字义观之，倭今岁必败之征也。予近十年立春前后即除夕前后必发痔疾，已成习惯之疾。今日更衣，下血殷红，衰老之象，未治之，听其自然痊可而已。午后一时朱贤守来坐片刻去。有生以来逢元旦立春，此是第三次，光绪三十二年元旦戌时立春，民国十四年甲子元旦巳时立春，今年立春为子正，恰值壬午除夕与癸未分日起点，则尤难逢也。吾国胜利将判于此耶？晚饭饮酒一杯。

---

① 其，应为"齐"。

天雨未止，欲出外路滑难行，闷坐而已。检诗均得四友，遂作元旦试笔诗二律，有一联未就，遂寝，梦前主席张群谈甚久。

初二日　阴雨路滑　二月六日　星期六

十时包贡九来谈甚久，留饭去。嗣段继李、刘隽、陈庆复、梅先林、陈肖峰来，各坐片刻。杨育民、傅康平来，均未晤。予原欲至省府教院，因雨中止，晚补昨诗已成矣。第二章有"新春恰喜逢元旦，彩笔生光写妙词"之句，似尚大雅，自是连写数诗交陈豫生并补其去年立春索和之作也。十一时寝，梦已回鄂城，街市新建房屋多未竣工，予乘人力车径过某新宅，室内若临时巷道然。归家亦见先母居新宅，如平时状。

初三日　晴　寒　二月七日　星期日

十时周笠渔来，留便饭。十二时至七里坪朱宅，至文艺会，转而至土桥坝张宅、包宅，途遇熟人甚多，欲转至教院，足已疲矣。至民厅、省府均未晤一人，留片饬仆，达意而已。归后吃饭，晚写诗数页。今夕为先祖母忌日，向例必祀。自流寓后仅焚楮门外，今岁更草草。先祖母殁于丙戌正月初四子时，昔闻先母言，迩时家计至困，予尚未出生，先君在时每念及当时情形，泪涔涔下。伤哉贫也。十一时写字倦极，遂寝。

初四日　晴　寒　晨结冰　二月八日　星期一

十时曹台长送函来，系周印澄请客柬也。汪慕符同唐季涵来谈片刻。饭后往民厅、省府，知昨日敌机炸巴东八九次，六架回还炸之。投廿馀弹，损失当不少，此种国仇或者最近可报复之。盟军胜利，太平洋日美之恶战不久重演，如非天心助恶，则此次胜负不待筮龟矣。沙道观孙稚屏寄来佳烟甚多，其邮费或不少。予本不嗜纸烟，前在武汉款客皆用大前门，次则红锡包、小大英听子烟。前门牌每听四角，小大英则每元三听。今闻哈德门烟每支售一元二角，前门每支二元矣。从前价贱不吸，今日价奇贵乃嗜之者，西迁后受刺激深，寓中借以解闷而已。晚五时回寓，饭后小睡一时许。八时阅通志馆重印之《客美纪游》，梁溪顾彩号天石。所著者也。十一时寝。

初五日　晴　晨霜甚厚　二月九日　星期二

九时半饭毕，十时李子瑾、曹台长来，遂同往土桥坝经济食堂赴二周所请宴集也。同席者除人事处二人，馀均为本府同事十馀人。席散后至建设厅访陈肖峰、石砥丞、张皥乐等，谈甚久归。四时半饭毕，看杂书，十一时寝。

初六日　晴　晨霜　二月十日　星期三

八时半起，九时姚海舫、郑铉科、姚作民三生来谈，以日记及近作画与之一阅去。十一时至曹台长寓，同席者朱鼎、李瑜、杨达五、刘千仞、朱良佑、汪慕符、唐季涵、李震苍等，菜甚精且多。午后二时席散，三时回寓，闻孔子因同法院推事左开瀔号心周，江陵人。来访予，阅其留片，为张金光事也。晚间阅报、写信,至十一时寝,多杂梦。

初七日　晴燥　有月色　二月十一日　星期四

上午清理室中书籍,检清案上各物。十一时至省府,途中闻有情报,谓飞机甚多。十二时与包贡九同至李震苍寓,同席者季云林、张百熙、熊运臣、王金璞、陈右军诸人,酒好肴丰,调味甚美。午后一时席散。予至省府谢柳东川、曾秀中,因彼同用名义请予、贡九至经济食堂,为下午四时张笃周请客亦同时刻也。开年未与各至好相晤,不能不往张宅也。饶杰吾新自鄂东归,与细询各事。校文、豫生、干卿、毕斗山、笠渔、任之俱同席。傍晚与李瑜同回,谈甚久,连日困于酒食,殊非卫生之道。到寓看杂书,十时寝,多梦。

初八日　上午晴　午后阴寒　二月十二日　星期五

饭后九时半至教育学院与孔肖云、舒峻山晤谈。至后院，因正值开饭，未与陈、胡、邓诸人晤谈，虑有警报，匆匆出。过陈豫生、阎任之宅，谈数语即出。至民政厅约液垓、继李星期日来寓便饭。遇滕昆田自宣恩来，遂并约之。晤朱厅长谈片刻，因渠欲另会一客，予遂辞出。再到省府取信件报纸，借《元曲选》归。晚十时寝，梦多杂可笑。

初九日　小雨　二月十三日　星期六

九时起，饭后梅先林来述办学困难，陈右军来谈半时去。午后嘱家人备菜购零件。晚补写日记，今日忽将金表壳子弄坏，此表自十五年三月廿八日所购未坏外面者，今日真为其纪念也。金表保险期已逾六年矣。晚十时寝。

初十日　阴寒　小雨　二月十四日　星期日

八时起，九时清理室内，午后一时半孔肖云、王茂先、舒峻山先来，继黎丹池、萧液垓、陈康民、罗子胜来，久候刘逸尘、段继李、鲁祖珍来，遇及便留之。四时开席，五时半席散。今日扰扰大半天，头晕痛。晚十时寝，多梦。十二时半张老板喊予醒，称有龙灯来此，请予起接，漫应之而已。蒙胧再睡。

十一日　阴　小雨　二月十五日　星期一

上午至省府买油盐，匆匆回寓吃饭。又至教院上课，至则云张厅长来与学生训话，陈院长与徐教务主任至小垭口迎接，久候探望。甚哉，学官之难做也！为人师表者何必具此一番习气耶。三时半再过省府未入，遂回寓。饭后看汪宅住客唐季涵并发函约石信嘉、曹印陀等明日来此便餐，因已购得猪肉也。晚十一时寝，多梦。

十二日　雨　寒　二月十六日　星期二

七时半起，八时饭毕至教院上课。午后半时回寓，路滑天寒，细雨中极难行，陈右军、陈肖峰、石砥丞、易泮香、张皡乐、周一鸣、曹印陀先后来寓,谈甚快,至四时半开席,因久候石信嘉卒未至,得其函知在城方归也。同寓贾伯齐、汪慕符、唐季涵亦约入座,旁晚席散。今日疲甚,十时即寝。

十三日　阴　时有小雨　寒甚　夜十二时下雪子　二月十七日　星期三

八时起,饭后写信约黄文卿、周笠渔等明日来寓便饭。午后三时贾伯齐请客,予入座后问姓名同席人,旋即忘之,真脑力弱矣。五时席散。今日为试灯节,忆在鄂城本籍时先君分付后人状况,甲寅先君去世后,先母于试灯节指示儿孙诸事,历历萦于脑中,不胜惘然。晚十时写函已毕,又闻雨声,遂寝,寝后下雪子声,转钟二时枕上闻春雷声动矣。

十四日　阴　高山上见雪　时有小雨　晚九时半下雪子
二月十八日　星期四

八时半起。午后二时李子瑾先来谈，旋惠质夫、易美濂来。三时包贡九、周印澄、周笠渔来，坐片刻遂开席，五时半散去。石信嘉与李又在汪宅坐二小时乃去。十时寝后多梦，予自去秋以后梦多，精神渐衰之象也。

十五日　阴　时有小雨　晚九时月光大明　二月十九日　星期五

上午十时饭毕即往教院，途经粮食公司未遇张笃周，与王茂先说明租屋事。上课毕转经公司又未遇张，遂至其宅访之，请其写函付其侄注红，为予招呼寓房涨租金事。今日在本院借书三种，内有《自怡室古文选》一部，外壳均盖"两湖书院北书库"八①大字。此予前清肄业湖堂时藏书，隔卅二年而重见，如对旧友，不胜感慨，此书经四千里而到施南矣。书为云间许宝善号穆堂。所辑，乾隆五十六年春昆山程郁文刻。程以刻工著名，亦毛刻、陶刻之类，故刊其名于部首耳。晚九时略浏览之。十二时寝。

十六日　晴　午后三时阴寒　二月二十日　星期六

七时起，匆匆往院，至则尚未到时也。在国文科仍授词数首，因院中至今未借得元曲及《缀白裘》等等诸曲部也。午后归，饭后疲甚。晚间张注红始来寓将房租事解决，已增至五十元矣。无屋可搬，恐他处无此奇贵之屋。九时张乃去，阅《自怡轩文选》，凡例有一条云"旁批总评，务在阐明作者精意，不可顺口赞颂，昔人所谓誉之不当，反足以伤其心者也"数语，极为精当。世风誉人诗文者胡乱作颂扬语，僚属之于长官胡乱作恭维语。为长官者果系文人，受之赧然；如非文人而好名倩人代笔者，下之

---

① 八，应为"七"。

颂上者得勿违心耶？此直卑鄙小人而已。阅《公羊》、《穀梁》、唐文十馀篇。十一时半乃寝。

十七日　阴寒　二月廿一　星期日

九时予未起，蒋笠庵、高元勋同来，遂起与谈一时许乃去。吴羽仙接客，予因行错途，至其寓已正午逾刻矣。同席贡九、叔隆、百熙及府中旧同仁，共十一客，肴多且丰，予以食后未敢多食。下午二时散席，与贡九便往豫生寓谈半时；至泽君、震苍寓中送行，与泽君谈片刻出；至贡九寓略坐即归。饭后仍阅文选数篇，十二时寝，多梦。

十八日　晴　二月廿二日　星期一

上午有警报，敌机一架掠空三次，今晨长官部有大部份往滇，各厅处职员同在汽车旁站立相送云云。下午至教院授课，数理一下学生似能安心听讲，然不知果领悟否。五时回寓，足疲不堪。今岁行履较差，盖非如省府日日早起签到足力健也。晚阅古文及《元曲选》，至十二时寝。转钟后梦已回籍，新建宅中房宽敞，帐被陈设精美，饮食丰盛，室内除沙发椅外，予另以皮胡床衬高坐之。先母亦在室中。噫，衣食住颇佳矣。忆似梦境，奈何。唐人诗所谓"何必言梦中，人生尽如梦"，真达者之言。

十九日　晴　二月廿三　星期二

上午至教院授课，学生不多，据称某生被捕后，各班学生无精打采矣。噫，此谁之过欤？午后半时回，途中闻警报。饭后省府送通知来，知明日午后石瑛、黄建中、郤朝俊出名请各厅处荐任以上职员会餐，并为孙连仲代长官接风、陈主席饯行也。晚间看书，十一时寝。

二十日　晴燥甚　二月廿四日　星期三

早起阅书报，饭后至土桥坝，欲晤包贡九告以教院事，其寓已锁门矣，遂回寓。饭后阅古文数篇，十一时寝。身体已呈衰状，谚所谓"莫笑他人老"者，今日证之矣。寝后多梦，脑筋似未停工作者，左右脚二中指抽筋直硬，殊痛楚。

廿一日　晴燥　二月廿五日　星期四

九时半起，疲倦甚，足软不良于行。午后阅清仁和杭世骏所著诸史，然疑数页，此书对读史有独到处。杭与全榭山同时治史，学颇精允，自序云廿五岁时即研究诸史，家贫不能全购。序末云："旧业就荒，桑榆景迫，时过而后学，独学而无友。"噫，深慨之矣。古人有机会读书，须在家境饶裕、年富力强之时乃有获耳。予近二十年来，其所谓"时过而后学"者也。今夕省府又送委令来，嘱予于三月一日以前达到万县第六区，会勘川鄂交界各县之插花飞地，绘图报核，行文举重若轻，简单如此，可笑也。此种伏案作文之秘科职员岂真饭桶欤。十一时寝。

廿二日　阴　晚雨　二月廿六日　星期五

八时半饭毕,即往民厅晤徐鸿年、段继李,与说不能赴万之理由,并以签呈示之。朱厅已往主席处开会,不及晤也。至包贡九家未晤,就其寓午餐毕至教院授课,途遇贡九,立谈数语。到院白如初来,询知亦兼院中功课,为人设科,闻所教者地方政府,此四字课名,予教书十馀年,今始闻之。徐伯申为院中教务主任,白即徐所约也。授课毕又往省府与许莹涟谈出差不能往事,以签呈及三件公事缴还,请其与朱厅长一商,以另派人为好。五时回寓,足力已疲。饭后准备明日功课,曲选无参考材料,院中无法借用,殊闷怅耳。十一时寝,梦杂,极奇离。

廿三日　早雨　午后阴　时作小雨　二月廿七日　星期六

七时起,八时到教院,途行着钉鞋,足指痛苦难。九时抵院，闻陈主席曾到院训话一小时，已去矣。上课毕借得《科学纲要》等书，重而难行，至粮食朱寅守处小憩，馁甚，遂归，到家已下午矣。饭后小睡，晚阅杂书，至十一时半目不能眣，遂寝。梦已回县，乘人力车过电网三四次，到家系新居，床帐之美丽悦目，食物精绝可爱，真离奇之境。近数月何以如此多梦耶？

二十四日　早阴　午后三时晴　二月廿八日　星期日

上午清理室中各事、扫地，费三小时乃毕，头晕目眩甚，真老象也。午后候刘有国、姚兆林二生，均未来寓，不知何故，或者前日之函彼等未收到欤？阅报无多事，今日饮食未调好，心烦闷。晚十一时寝，寝后梦杂乱可笑。

廿五日　阴寒　晚雨　三月一日　星期一

昨寝后将帽脱落，似已伤风鼻塞。饭后到院，以时尚早，就理发室剪发，室小而阴，理发后又伤风。午后四时课毕回寓,神极不安,晚寝多梦,手时时外举,寝不成寐,梦多奇离。

廿六日　雨终日　三月二日　星期二

九时起,病象已现,头痛甚。昨闻教院新班无国文教员,函包贡九嘱其速谋,并告以三项办法,恐捷足攫取也。午后伤风状已现,欲服药,此时已不能买。晚八时发寒,遂寝,寝后极不适,头脑俱痛,身体发热,梦极奇离。

廿七日　雨终日　夜雨达旦　三月三日　星期三

昨睡极不安,今日下午一时方起,左腕痛甚,不能抬起。头痛,四支酸楚,颇难受,二时勉强写一函与包贡九,嘱渠对于教席赶快谋成。晚九时即寝,寝后骨胁头足到处皆痛矣。服防风、白芷、川芎等药,冀其解也。转钟后两足抽筋,膝下则坚硬如石,痛不可忍。一时许方减轻，受寒与湿也。扰扰直至天明，偶一合眼，则奇离之梦现矣。

廿八日　大雨终日　三月四日　星期四

昨夜足抽筋甚，早仍服药一次。十时省府送信来，索收条，拆观之，则战区五位长官请本日正午到舞阳坝招待所请客之信也。设天晴予未病，尚可一往。正午勉强起床，右足馀痛犹在，行动费力，连日饮食不进，仅喝粥水，口中无味，兼之牙痛已二旬矣，此时苦况颇难述也。写信二件命仆送教院，一为觅房屋事，一请假停课。晚腰痛甚，鼻塞，眼泪痰唾并出，痛苦不堪言状。九时寝后展转不寐，稍定神，梦见西式宅两处起火。

廿九日　大雨终日　晚下雪子　仍大雨夹雪　通宵未止　　三月五日　星期五

昨夜四肢痛已止，时时出汗，头痛亦减轻。九时起大便，久踞不下，连日食少，或者无废物之可排泄也。今午稍觉饿，食稀饭三次、干饭一次，晚食豆丝半碗，渐可辨味，连日不知辛酸甘苦也。食橘子两个，以水泡之，胸中郁闷似已渐消。晚间贾伯齐来，予与之谈二小时乃去。九时补写病中未记诸事，十时寝后雨声、雪子声未断。睡熟忽醒，有梦奇特，似有人请予，菜肴甚多，又似予领首衔，火食在第一桌，未几躲飞机去。近三月来无夕不梦，只要合眼，无论在子前寅后总有梦，梦有奇离至不可思议者，记其奇，真不为奇矣。脑筋中杂念多欤？

二月

初一日　早阴寒　午后雨　至晚十时未止　雨通宵　今日惊蛰　三月六日　星期六

九时起，疾似已大退矣。早餐稀饭食二碗，午后又吃一次干饭，尽一大碗，九时食豆皮一碗，明日当可如常饮食矣。程仆足肿痛已回家去，省府无人去取件、报，不知近日情况。看《元曲选》，无句读，有时上下句似不能分豆者，他日上课恐不自信矣，须借得旧式刊本读之方好。久坐背痛，十时半寝，多杂梦。

初二日　阴　三月七日　星期日

上午吃干饭一碗，已觉菜蔬有味。午后病已减轻，惟四肢无力。连日欲写复各处信件，终以疲软而止。晚十时寝后仍多杂梦，不独可笑，且有不可思议境界。

初三日　晴　三月八日　星期一

上午吃饭二碗，午后遂至教院授课，行一时半方到，足无力也。时间已过，遂上第二次课。舌干无津液，讲书极以为苦。四时回寓，疲甚，晚九时半寝。

初四日　早阴　小雨一次　十时以后晴　三月九日　星期二

八时半到院上课，行二小时方到，讲书极吃力，十二时毕，上气不续，小憩片刻，与黎丹池缓缓同行，回寓疲甚。饭后解衣寝，以资休养。左推士来，为张金光事，遂起与谈一小时方去。晚写信一件，十一时寝。

初五日　阴　三月十日　星期三

上午未作一事，精神疲甚，中气不足。连日饮食亦不佳，寝后多梦，极不安神，牙痛未愈。

初六日　晴热　三月十一日　星期四

晏起，牙痛头晕俱未愈。饭后至省府买米油盐俱未到手，办事人之迟滞疲玩可恶也。便至建厅请石砥丞诊脉并立方，惟药到十五味之多，只好试服之。晚间屡欲写信，竟不能执笔。十时寝。

初七日　上午阴　午后三时半雨数阵　三月十二日　星期五

今日午前头晕目眩，十时以后清理室内书籍等等，并糊窗子毕，头更晕痛。晚十时寝。

初八日　阴雨　晚雨达旦　三月十三日　星期六

早闻雨声，余疾未痊，牙痛甚剧，遂决意不往院授课，路滑且不易行也。午后写信八件，复袁次璋、李佛波、陈子谷、刘光洁、汪志高、王宇澄、洪丙南、冯艺林诸人，晚九时方毕。十时寝。

初九日　雨　三月十四日　星期日

昨夜雨声直到天明稍停，后又雨，自正月初一日起算至今，晴者仅十三天，则雨天已占廿六日也，山多湿重，甚不合吾鄂东南人之卫生也。

民国三十二年（1943年）　二月

初十日　阴晴不定　三月十五日　星期一

连夕牙痛，左膀内骨痛已一月，近日更甚。中气不足，四肢软弱无力。十一时进汤一碗后即往省府，欲询各事，值下班，予亦出门，遂至教院晤陈、孔、胡、徐诸人，并看徐退房子二间，不合用。在九教室讲课二小时，极吃亏，下堂后进城，足力已疲，腹馁甚，送表与老天宝银楼代整理之。过桥到汽车站，久候车不开，遂回寓，今日步行共二十三里矣，头晕目眩，手痛足疲，如害大病然。晚饭后以山漆磨酒敷左腕，九时遂寝，辗转不寐，十二时以后梦回鄂城县，所识者皆旧人。

十一日　晴热　三月十六日　星期二

八时起，天已大晴，精神为快。十时半饭毕，带同程仆往省府买油盐。至府遇警报，未几敌机已凌空，候甚久不能除，乃将折款托贡九办理，予遂回寓。今日敌机卅馀架西上,幸未经此路线也。借得各种曲书为参考,东涂西抹,真看不入也。牙痛剧,遂寝。

十二日　阴　似欲雨　三月十七日　星期三

昨日一事未办,今日决计在家编功课。十时饭毕,正摘写《杀狗劝夫》《桃花扇》等曲,陈豫生来坐谈上下古今,至三小时之久方去。午后四时往省立医院看病,未晤杨光第,与在电话中说数事归。饭后未作一事,牙痛甚,遂寝。

十三日　上午阴　午后晴燥甚　三月十八日　星期四

饭后往省府,遇贡九、叔隆等谈片刻,借书,取三月份柴津贴八十八元,在省立医院取药归。前日寓中四周桃始开花,较至①去春迟十二日矣。此地气暖,如在鄂东、

---

① 至,疑应为"之"。

鄂南各县，桃花开必在三月初间。晚目疾又作，十一时寝。

十四日　上午八时以后暴风雨约四小时　午后仍雨　三月十九日　星期五

今日早起，原拟送课程往院油印，自是暴雨中止，窗纸俱破，雨小后重为补缀，费三小时之力乃成，自是身疲不能作事。晚间清理文稿，旋作旋辍，遂寝。寝后以跳蚤嚼人，极不安枕，转钟后闻雷声暴雨震瓦屋者约一小时。

十五日　上午雨数次　午后晴　三月二十日　星期六

七时半食豆皮半碗，匆匆往院授课，至则钟点已逾，遂上第二次，因曲选讲义尚未印就，仅与诸生讲曲之家数及扼要诸法则。闻孔肖云决计辞去院事往川。与陈友松谈数语，不得要领，此君脑筋不清，近两月间作事颠倒，与院各同事极不洽，其心中似有难言之隐然，近时亦受刺激甚多也。午后一时回寓，饭后小睡，久候贡九不来，膏药亦未取到。晚阅书二小时，十时寝。

十六日　上午阴　午后晴　三月廿一日　星期日

早刘振华来云就警局督察，来此看予，系其兄震球自渝来函嘱其至此，华为同学，刘蜀彊次子，予在武昌未之见也。蜀彊年未五十，为人忠厚，寡言笑，曾任竹山县长、咸宁财政局长，家无馀财。予长黄冈时约其充财政科长，到署住。一日以不胜繁剧仍辞去，自是人天远隔矣。今其子女俱能自立，渠死可慰也。振华述其来历半时别去。九时惠质夫、左推事、包贡九相继来谈，留包、惠便饭去。午后刘九经、姚兆林来谈武汉去年近状，四时留饭毕乃去。左腕又新贴云南膏药一张，由于莹征转借得来者也。晚为学生改诗及准备应用文课程，目疾模糊，疲甚乃寝。

民国三十二年（1943年）　二月

十七日　阴　夜转子时后大雷雨达旦　三月廿二日　星期一

上午出门见四围桃花已盛开矣。李花廿馀株先五日已齐放，白如雪，飞带雾中，桃花卅馀株，色浅，反被其夺之。深白浅红，鲜艳悦目，昔以桃李喻讲学生徒，且喻佳人颜色，夭桃浓李皆诗料也。晚间立门外听蛙声四起，忆及童时受业于高幼泉师门时情况，不胜黯然。九时为学生改诗，欲改其韵，因迟生私将均本取往校中，一时又不能记，倦眼模糊，遂寝，大约十时以后矣。展转不寐，转钟二时许电光照辉室中，雷声震屋约一小时，暴雨如注直到天明。原拟明晨到院授课，此念中止。

十八日　雨风　午后四时止　三月廿三　星期二

暴风雨大作，未能到院。十时左推事来寓，仍为张金光事，说一小时乃去。饭后为学准备元曲提要，各摘取扼要语，又摘选联语，晚十时方竣一部份。

十九日　阴　晚雨　三月廿四日　星期三

午前摘选应用文材料，午后得周鹏程、袁子青等来函，颇多感慨。鄂东仍陷敌人，安居者有之，受害者亦有之。东望乡关，五载尚未归去，祖宗坟墓如何？节近清明，见此间乡人祭扫，真欲痛哭流涕矣。伤哉！吾辈丁此时艰，殆佛家所谓"共孽"欤。晚仍摘抄联语等等。十时目疾作，遂寝。左腕仍痛，展转难寐。

二十日　早小雨　阴　晚十二时以后大雷雨震瓦屋　三月廿五日　星期四

宴起，饭后过士桥坝已十一时，搭车进城至县政府晤林渊泉，为程仆事，不得要领。至教院授课，晚五时归。过王茂先寓，与谈院中各事。陈友松如此办学恐无好结果，此人毛病在自是、自用、自专，以故与院中上下不睦也。借回参考书二本，颇合用，阅至十时寝。转钟后又闻雷雨大作。

廿一日　阴　夜雨　三月廿六日　星期五

上午写等音表及摘提应用文上中下扼要公式字句，午后又写分韵表，因教院各班学生均不知平仄也。细询之，彼等在高初中学时未有教平仄者，遑问作诗词对联耶。晚看杂书，十时寝。

廿二日　阴雨　夜间又大雨达旦　三月廿七日　星期六

早起，食面半碗，匆匆至院授课，十二时归。饭后为张金光事往保安处晤汪复东谈半时。至民厅闻朱厅长殇女，未便晋谈，至秘书处与诸人略周旋。四时回寓，饭后又雨，此月已过二旬矣，晴者仅六日，潮湿极重，吾辈殊难受此气候也。定生因寒疾咳嗽甚。晚十时寝。

廿三日　雨　寒　午后雨至晚十二时方止　三月廿八日　星期日

宴起，梦闲进城，余嘱其买物，取所整表归。今日又大雨，气候如冬，门外桃李盛开，连日经雨，旋开旋落，赏者少，亦花之厄运也。午饭后写抄公文程式及摘记联语材料，晚九时乃毕。十时半寝，杂梦可笑。

廿四日　上午晴　十时以后阴　三月廿九日　星期一

五时醒，枕上闻雨已止，七时半起。今日为祭革命诸先烈纪念日，闻城内干训团集会，大约有一番盛典与演说也。噫！先烈已死矣，后之人勿争权夺利，专事空谈以欺民众，则可以对诸烈士也。八时半冯艺林来寓，叙渴别后事。姜文山来，有所要求，予答以待查。十时半施方白来坐甚久去。蒋笠庵来为定生看麻疹，与冯谈甚久，予送之出门，又立谈半时乃别去。定生患麻疹已三日，晚间服药，艺林在此宿，予与同铺。十时以后起二次，寝不安，且今日整日劳顿也。

廿五日　阴　午后晴　三月卅日　星期二

六时起，今日定生不饮食，疲甚，卧时甚长，艺林下午四时辞去，予送之至民政厅后面方转，回寓已昏黑矣。晚间定生仍睡，似极疲乏。口渴，以药饮之。夜间未作事，遂早寝。

廿六日　晴燥　三月卅一日　星期三

今日午后至教院取印讲义。三时进城访冯艺林并取回所整金表，途遇李煜与谈，无汽车，遂与步行至土桥坝，到寓已上灯。疲甚，饭后小憩，仍编讲义，至十时寝。定生疾略转轻，仍未多食。

廿七日　阴　小雨　夜十二时以后大雨达旦　四月一日　星期四

午前编课程，午后定生疾稍轻，晚间阅杂书，至十一时寝。

廿八日　上午大雨如注　午后阴小雨　四月二日　星期五

七时起，定生疾较昨日轻，下午思食。今日至院授课，路滑难行，颇以为苦，傍晚方归，身疲气促，几类大病。甚哉，赚钱之难也。晚备功课，十一时寝。

廿九日　早阴　小雨数次　午后阴寒　四月三日　星期六

七时起，早食不能下咽，齿痛甚。匆匆出门，路仍滑，着皮鞋到院，稍停即上课。连续三次俱系讲解者，声嘶气促。十二时回寓，因遇陈仆代予提布袋，行较速。回寓吃饭，定生今日饮食更进。晚十一时寝。

三十日　阴晴不定　夜雨　四月四日　星期日

早起将室内打扫清洁，连日以定生病，予事又多，天雨地气上升，潮湿殊甚，乃自为之。迟生骄养惯，仆人愚笨如廉豖，内子亦忙甚，均不能代予作事，非自苦也。午前未作事，午后写信五件，分致邓婿、罗年凤、滕县长、王宇澄、刘督察，除刘外皆久未复者也。三时半出外二次，太阳时隐时现，温度不高，宅之四围李花早已落尽，桃花四十馀株，经连雨打碎，今日尚有馀花，无色可赏矣。天下事皆可作如是观，花到正开时遭此一番恶风雨，真不幸也。晚饭未多食，连日胃口不开，予病后亦未培养，触景增烦恼。今日寒食，明日清明，流亡数年，曷胜惆怅。嘱家人办包袱，备明午遥祭吾祖宗。噫，干戈满地，太平在何时耶？十时寝，多杂梦。

三月

初一日　晨小雨　阴　午后四时似有晴意　今日清明　四月五日　星期一

早起,九时饭毕,迟生回校去。十时予自持烛香钱纸在前面小埠上望东焚楮,遥祭鄂城祖坟,此不过尽心而已。廿八年在胡林与贵堂兄等祀祖一次,以予从未于明节①祀胡姓高祖以上诸坟也。焚香毕往省府晤鲁科长,为米油事。至施城访冯艺林谈甚久,因彼明日携其孙女返雾渡河,买饼干壹斤赠之,前来寓中,以定生病,未多畅叙也。三时返寓,途中汽车已坏,遂步行,到家已五时矣。晚未作事,九时寝,左腕痛未止,跳蚤嚼人,展转不寐。

---

① 明节,应为"清明节"。

民国三十二年（1943年）　三月

初二日　阴　晚七时雨　九时以后大风雨　四月六日　星期二

九时起，疲倦甚。饭后自挫虎骨、沉香等物为泡酒之用，费二小时之力乃已。晚饭后更疲，晚间未作事。十一时寝，转钟后梦在宜昌乘木划子，似欲上轮船者。旁有划子七八只满载客，但均未上。予惧水急，又似欲起岸状。未几醒。

初三日　上午雨　下午四时晴　晨见对面山上有积雪　四月七日　星期三

早起寒甚，前山有积雪，当系昨夕风紧时所降者，谚云"清明断雪"，不尽然矣。午后编纂应用文。晚饭食甚多，因有肉，可口也。写抄各书至十一时半寝，多杂梦。

初四日　晴　四月八日　星期四

八时起，清理室内诸事。定生疾已痊，饮食大进，但咳嗽未止，体弱殊甚。午后编课程，晚阅杂书，十一时寝。

初五日　阴　午后转晴　晚子正以后雨　四月九日　星期五

午前十时饭毕，十一时至院接洽各事。午后上课，因有警报，敌机一架凌空过，学生多散避，上课者少。四时半回寓，饭后小睡，晚准备明日课程，十二时方寝。

初六日　早阴寒欲雨　午后晴　四月十日　星期六

七时起，八时饭毕，九时到院。自寓左起行半里，路湿滑，极难行。今日上午三次授课均系讲解者，颇吃力。孔肖云今晚到城宿，明日乘车赴川，与之言别。十二时与陈豫生同出，豫生亦往孔处送行者也。回寓后饭毕清理各事。晚阅词曲一类之书，摘抄数页付油印，十一时寝。

初七日　上午阴　午后似晴　晚大风　四月十一日　星期日

早起腹痛水泄，或系昨晚时①油炸米过多欤？午后又泄一次。今日默写从前诗稿甚多。予之原稿诗文写有二部，一存胡林乡间，一存汉口秦培新处，此时能记者不过十分之一耳。间有不能记全首者，空行待补而已。得张重心自甘肃来函，第二次航空函已行廿九天，盖自酒泉寄，寄渝可通航函，较平信快廿馀日。晚间又补默诗稿，惜在黄州所作诗不能忆及，奈何奈何。十时半寝。

---

① 时，应为"食"。

初八日　阴晴不定　四月十二日　星期一

早饭毕,往省府取得周淬成自鄂城来函,知彼境遇好,已添孙男女各一。其子与亡儿根生同年生,今年廿四,已育男女矣。其女嫁孟姓,已添外孙。其女孪生,长一时者为孟姓媳,迟一时者为予四子迟生媳。设非予隔在施南,今亦授室添子矣。噫!西迁以来受种种激刺,亦不止于此一事也。午后一时到教院,四时半课毕,六时回寓。饭后写信分致张文庆、张仲心、朱介蕃、洪英、周淬成,俾明日发出。晚十一时寝。

初九日　阴晴不定　晚小雨　四月十三日　星期二

晨起清理室内外各事,嘱内子办肴菜九样,下午二时约鲁伏生、蔡县长、德瑜,来施开会,便约之,欲问朱阳春事也。于莹征三人,龙诗樵、张国瑰同来,因便留之,为贾伯齐饯行。五时席散,蔡欲约刘肇沛见面,予写函约之来，竟未知渠住何栈也，内子遂持原函归。晚十一时寝。

初十日 早雨 旋阴 午后三时雨数次 四月十四日 星期三

早起刘肇沛来，写函与之去而又来，写致王一鸥函与之。午后至省府买油及米，送信至邮局，因有万县汇款也。五时归，晚十一时寝。

十一日 雨终日未止 四月十五日 星期四

午前未作事，正午饭毕往省府，午后二时同包贡九入城到东门民享食堂，因李达可约便餐，同席者吴献之、陈志纯，馀客陈、余、段、毕诸人均未至，便约朱士堪来，问宋济贤近状。七时席散，予与陈仆同回，到寓已九时矣。今日得淬成、久旃、渭泉公函，云东门住宅已公同判定，每年租金五千元，实收四千元。茂林应摊八百元不取，供给纯女吃饭，但较之洪英前次来函，袁裕泰房屋现时租八千元者尚欠小半。予与眷属俱不在县,只好听渠等公判而已,此所谓"业不由主"者。晚十一时寝。

十二日　雨终日　晚雨更大　四月十六日　星期五

上午调墨将挽吴寿田联写起。十时饭毕往教院授课,路滑泥深极难行,午后四时半回寓,足软不能提,疲乏极矣。五时饬仆挽联送乌羊坝民享社去,因财厅明午为寿田开追悼会也。晚①杂书,十一时寝。

十三日　晨雨　阴　晚雨　四月十七日　星期六

晨闻雨声,以不能到院授课也,遂晏起,在室中清理各事。午后到乌羊坝民享社招待所去吊吴寿田之灵。今日为吴与刘南如开追悼会也。予于刘不认识,故未送挽联。途遇陈豫生,与同往签到。后见室中所悬挽章约三四十

---

① 晚,后疑脱"阅"字。

副，室小人众，空气不流通，殊难受，遇陈绍武、杨稷丞、贺葆三等，略与谈片刻，以祭时未到，予遂归。午后五时贾伯齐请客，人多菜少，然价亦不廉也。九时阅周淬成、洪英等来函，于本籍居宅租人事不胜忿恨。万内子当时不听予言，不居鄂城乡间，将城内居宅各物不迁乡间，轻轻西上，致演成今日之失策，殊为可恨耳。十时寝，多奇离之梦。

十四日　阴　晚雨　四月十八日　星期日

早起清理室中诸事，十一时张天则来谈甚久去。午后补写各处未复之函，如淬成、洪英、张重心等七封俱写就。晚阅杂书，十一时寝。寝后梦奇离殊甚，其意境真所谓梦想不到者也。晚间脑筋未停，可见心血之虚矣。

十五日　早雨　午后小雨数次　四月十九日　星期一

十时饭毕往省府，午后上课，五时半方归。晚间龙诗樵同李芳来谈甚久去，予再补写各件并阅书，至十二时方寝，多梦。

十六日　早小雨　阴　晚小雨　四月二十日　星期二

早饭后嘱程仆送发各处函，午后为学生编应用文讲义，至晚十二时未能毕也。转钟一时方寝，多杂梦。

十七日　阴　阵雨数次　四月廿一日　星期三

九时惠质夫带段继瑞来，为教育学院入学发生问题事。午后三时到省府买布一丈二尺，棉花一斤。五时至周笠渔家，彼与吴、周、艾诸人饯行，请予作陪也，同席者尚有汤之望、徐麐年等。晚八时归，足软甚，昨夕已如此，衰之征也。十时编讲义，至转钟一时寝，多杂梦。

民国三十二年（1943年）　三月

十八日　阴雨　四月廿二日　星期四

早起疲倦甚，午后编纂应用文讲稿，写复各处函件，孙稚屏、袁炳南、胡林稚山、邓实、蔡县长、兼说刘肇沛事。王安雪、袁子青、刘伯阳、王守澄等，俾明晨发出也。转钟一时寝①方寝。

十九日　早阴　午后晴热　夜有月色　四月廿三日　星期五

早起倦甚，午前十一时到省府，未晤鲁、施诸人，遂出至教院，则上课时间尚早也。午后二时考第九教堂国文，四时五十分回寓，以五时半矣。今日燥甚，计此月已过十九天，仅晴两日半。今热如蒸，明日则未可料也。此地气候之坏如勿乃厉气所钟耶。晚写杂件，至转钟一时寝。

---

①　寝，此处有误。

二十日　阴　午前午后各有阵雨　转钟以后闻雷雨声　四月廿四日　星期六

早起，饭毕至教院授课，正午归，途行极劳顿。午后一时回寓，饭毕贾伯齐来辞行，便送之。晚间龙诗樵、张国魂来谈半时去。看杂书，左目疾似又发，遂止。十一时寝，多梦。

廿一日　晨大雷雨　阴转晴约一时许　午后五时阵雨数次　四月廿五日　星期日

三时闻雷雨声大作，七时半起，今日陈仆已归去，无人买菜及取信件。午后一时疲极而睡，四时易泮香来，予乃起，留便饭，与谈甚久乃去。今日天气极闷，时热时冷，湿气上升，颇难受。据说施南从前无此恶劣气候。吁，此殆所谓乖气者欤？十一时寝，展转不寐，转钟后梦境奇离，真不可思议者，直至天明犹未离梦境也。

民国三十二年（1943年）　三月

廿二日　晨雨　十时雷雨交作　夜雷雨达旦　四月廿六日　星期一

早饭后到省府及土桥坝送信、买邮票。陈仆已回家，诸事须亲往也。今日下午虑雨，至教院功课亦未上。四时归，晚雨大作，屋漏甚。写课程及信件，至十二时寝。转钟以后雨更大。

廿三日　竟日雨　四月廿七日　星期二

八时起，看书写信，抄摘《剧曲源流》等。午后陈仆来，取回报纸阅之，连日云战事总系我军胜，外国战事总系盟军胜，真耶？伪耶？敌人每据一小市集，我军终未克之，遑问大如南昌、开封、武汉者耶。噫！何时见太平，俾吾辈返故乡耶。国内人心之坏日甚一日，军队之确能抗敌与否，今已五年，事实俱在，可慨也已。三时雨犹未止，今日许莹涟请客，度不能往，以函辞之。晚复邓实、余子祥、卢主任等函,俾明晨发出。

廿四日　晴　四月廿八日　星期三

八时起,今日才放晴,嘱家人晒衣被等事。饭后写陈季明、邓廉溪、朱致寅、刘石逸、叶炳然等函。晚阅杂书,至十二时寝,多梦。

廿五日　午前晴　午后阵雨一次　四月廿九日　星期四

早起,饭后清理各事,正午往省府图书馆借物还书,午后三时往教院还书借书。晚阅借回之《花甲闲谈》四本。番禺张维屏,号南山,清进士,即用知县,曾署黄梅,后升江西南康知府者,嘉道间负诗文名。书中刻卅二图,颇精美。其父□□亦孝廉,大挑二等为教谕者也。维屏曾襄校湖北乡试二次,解元均出其房,书中记为美谭。检阅诗词,确有精到之语,古文辞稍逊。此人生逢治平之世,十年中四为县令,境遇甚佳,非于吾辈生遭离乱,且

民国三十二年（1943年）　三月

值老年，无好怀，焉有好诗也。阅之不忍释手，直至十二时半乃寝。

廿六日　阴　午后时有阵雨　晚大雨　四月卅日　星期五

十时饭毕，十一时往省府取信件。午后至教院授课，四时半回寓，足疲甚。饭后阅书报、写信，至十二时寝，多怪梦。

廿七日　阴　时有阵雨　晚大雨如注　风雷大作　五月一日　星期六

八时起，到院授课，正午归，饭后写复各处函，晚阅杂书。嘱陈仆挫虎骨储酒中，予左腕痛至今未愈也。十二时寝，多奇梦。

廿八日　晴热　午后时有小雨　五月二日　星期日

八时起，饭后刘石逸来谈甚久去。刘振华约七里坪警察所长向征强号苊之，五峰人。来谈甚久。郭宇藩、万儒纲两生来谈教院事，院长不问事，职员进退无常，诸事茫无头绪，用湖北如此巨款，收效如此，可叹也。晚阅杂书，写复汤瑛逊函，并汇六十元去。因予①曾代予购得广三七一两，须偿其价。渠虽云赠予，予不能受者也。十二时寝，梦境奇离，殊可笑也。

廿九日　晴热甚　晚六时雨　九时以后大雨如注　满屋皆漏雨至通宵　五月三日　星期一

早饭后往教院，下午二时授课，五时归。晚饭后天热不正，似又有雨来，屋内潮湿大起，闷人难受，此不正之

---

① 予，应为"彼"。

气。据此地老人云，以前无此状，真乖气致异耶。晚七时又下雨，九时以后雷雨大作，满屋皆漏，不能睡，接漏麻烦。稍停后看《花甲闲谈》一遍，当时与张维屏唱和及文字往来者皆一时知名之士，如翁覃溪、伊墨卿、陈兰甫、吴荷屋、刘海峰、恽子居、梁茝邻、汤雨生、黄谷原、林文忠、陈兰石、舒白香、吴山尊、刘英初、许滇生、龚定盦、盛子履诸人，海内闻人也。馀如翁遂盦心存、英煦斋和，皆当日官之显者。吾鄂仅罗田陈九香瑞林与有唱和，此见之原刻中者。张，道光壬午进士，能为各体书，不知当时何以止于即用知县也。子祥鉴、祥瀛俱诸生，亦能诗。其在湖北两次充乡试同考官，一为壬午，一为乙酉，壬午科解元黄经塾，乙酉科解元万时喆，他日当取《通志》证之。中有一段叙江西科场头场试卷约二万五千卷，湖北乡试头场试卷八千九百馀卷，何江西应试人之多？该省举人名额不知多少，但予童时见该省闱墨壬寅科解元龙元勋策论，鄙俚如童话。是科中监生廿馀人，知该省举额多，秀才易取功名也。噫！予生也晚，清代科名太易，惜未取得之以娱亲也。倦极欲睡，已转钟一时矣。

四月

初一日　早小雨　午后晴燥甚　五月四日　星期二

十时起，倦甚。午后写复各处函，计李晓波、杨光第、冯汉骥、杨霖、刘有国、李佛波诸人，俾明日发出。三时又倦甚，小睡，腰痛。晚间看杂书，十时寝，多梦。

初二日　早阴晴不定　五月五日　星期三

十时起，倦甚。饭后清理室中，检阅日记。今年春日已了，正月至三月底止，九十天中晴者仅二十二日，其馀六十八天皆雨也，湿气之重大可想矣。予癸亥在闽，虽雨多湿重，该省旋雨旋晴，不似此间气候之恶也。

初三日　晴燥　今日立夏　五月六日　星期四

早饭后往教院剪发一次，便至省府问买布缝衣各事。午后四时回寓，饭后为学生编功课。晚九时阅看借回之《唐诗三百首》，因触予怀，回忆光绪癸巳四月下旬始读唐诗，先师程公松年讲五绝《鹿柴》《竹里馆》二首，皆王右丞诗也。未几端阳放假矣，先君子为予读书，所买四书必湖北官书局版，唐诗亦佳版也。原诗民国九年尚存箱，自是迁居，展转遗失。其馀先君所遗留及予所购置者，此次东寇西来，本籍及武昌住宅藏书散失。噫！何时重聚藏耶。十二时寝。

初四日　晴　下午四时以后雨数次　五月七日　星期五

早起清理各事，午后洗旧呢帽及草帽，晒衣服等。院课未去上，作琐碎事，头晕痛甚，近来精力衰颓情状愈见矣。晚仍阅唐诗，至十二时寝。

初五日　阴　十一时以后大雨　晚五时止　五月八日　星期六

早起至教院授课，行路疾，气喘甚。国文科连讲二小时未下堂，旋又至英文科讲应用文。十一时半归，途中正遇雨，归寓袜鞋俱湿矣。教厅约予下午二时为本院招考学生事，以雨大路滑未能去。刚弄饭熟时有武昌人范乐亭者自常德来，持有李佛波名片，介绍为其子三人往招致大队就食，又彼与妻及幼子谋救济事，留便饭，述佛波近况甚好，每日可赚百元云云，与谈三小时乃持函去。晚间阅唐诗已毕，恍如十五岁以前读书时状态也。十二时寝。

初六日　晴燥　下午六时大雨如注　约三小时乃止　五月九日　星期日

早饭后阅唐诗《唐人万首绝句》，渔洋山人所选者也。午后一时杨霖来谈甚久。杨宜昌人，刘培森来函介绍者也，据称亦系党训学生。晚饭后天气剧变，暴雨至矣，约三小时乃已，平地水深一尺。十二时寝，跳蚤多，不能寐。

初七日　晴热甚　晚九时小雨一阵　十时半雨　五月十日　星期一

早起清理室内外诸事，饭后至省府为范乐亭谋介绍函。与郑桓武就秘书处午餐，饭菜俱劣，并无晕①油肉蛋之类，甚佩许莹涟，真能吃苦也。从前刘千俊食此一桌饭，公家每月须贴费三四百元，目此席为招待饭。噫，招待谁耶？以视今日此一席饭，天渊隔矣。下午一时到教院，二时半开会，为学生毕业考试及实习事。五时散会，六时到寓，饭后小睡一时许，再起写信件，分复王宇澄等。今日闻湖南沅江已失，益阳吃紧，常德在危险中。此次敌人进攻，我军溃退长沙洞庭湖，此际水大，敌舰既得藕池，长驱无阻，湘鄂要地俱失，奈何奈何！十一时寝后

---

①　晕，应为"荤"。

跳蚤大作,寝不安枕,起数次,约耽延二小时再睡。

初八日 三时大注①倾盆 至十一时半乃止 五月十一日 星期二

九时起,十时饭毕,大雨未止,殊可恨也。天灾人祸自古相连者也,敌人自得藕池入洞庭湖,侵湘境上游,大雨数日,湖水、江水陡涨,兵舰易上,勿乃天心助恶耶?饭后雨小,似有晴意,遂至土桥坝访杨稷丞,因星期日稷丞来访,约予星期二至城内与张难先谈辛亥起义时情形也。午后二时搭车到城,至张寓与难先谈日知会及起义时彭、程、金诸人逸事。彼坚留予与稷丞饭,有酒有肉,不似立三之太啬也。追述旧事约四小时,谈犹未毕也。虑天晚难行,买丸药归。与稷丞至汉路分手时天已黄昏,予匆匆行,衣履俱湿,汗出如渖,身体疲乏殊甚。饭后未作事,十时阅唐诗。十二时寝,多梦,似已回武昌者。

---

① 注,应为"雨"。

初九日　晴燥甚　五月十二日　星期三

早饭后至七里坪乡公所、警察局、陈绍武三处略坐谈，便托向所长买板炭。予在途中遇售篾簟子者，售价卅元，昔时此物价至多不过二元而已。午后三时归，阅报，湘中战事愈坏，敌人似已长驱直入，我军言抵抗，仅报纸时一鼓吹而已。晚饭后阅唐诗，十二时寝。

初十日　早晴　午后阴　时有阵雨　五月十三日　星期四

早起清理诸事，午后二时郑万选来谈一时许去。闻湘中沅江、益阳等县吃紧，三时半天空飞机声，未几见我机一架已落机场，或有大人物来施也。晚写黄纯璋、王宇澄、冯艺林、刘培森、刘石逸等函，皆答复各事者也。十二时寝，转钟后闻雷雨声大作。

十一日　晨三时至十一时大雨倾盆　平地水深盈尺　午后晴热甚　五月十四日　星期五

早起大雨如注,梦闲至土桥坝去买肉,因昨省府送来五月份购肉四斤之票也,过时即不能买,且放弃此权矣。正午至教院授课,途中日蒸湿气上升,奇热难受,未熟之麦被暴雨数次打倒田中,已潦死矣。今年年岁之歉荒可推想也。此三月馀雨多晴少,将来栽秧需雨水时,吾知苍苍者天必有一阵旱荒矣。天怒人怨,因相逢者也。四时半课毕,五时回寓,行路艰难,到寓已疲乏不堪,饭后小睡一次,晚十一时半寝。

十二日　雨终日　晚十二时雨尚未止　转钟后仍闻雨声　五月十五日　星期六

晏起,饭后雨不止,今日须汇款与黄纯璋,星期日无汇兑也。十二时冒雨行,路滑泥深,伞大且重,极以为苦。至图书馆、省银行、省政府，寄函与帅和甫、李文荪、萧中荣，汇款一百元托黄纯璋买香荠。在府闻战事不利，府中刷墙壁，整理内部，赶办职员名册，似有大员来考查者。五时回寓，购得白布回，价甚廉，此公务员所享之利益也。饭后默记幼年时诗稿。十二时寝，梦多奇离。

十三日　晨至午后三时雨乃止　转钟后小雨又作　五月十六日　星期日

晏起，昨寝不安，又多奇梦，今晨睡未熟，跳蚤又多。十一时饭毕看杂书，四时阅报，湘战于我军仍不利。晚为学生编抄应用文，至十二时寝，多奇离之梦。

十四日　晨四时雨至十一时止　午后阴　晚十时有月色　五月十七日　星期一

天未明时，雨声中兼闻布谷声。七时梦闲自城归，予以睡未足，跳蚤嚼，简直不成寐也。托生于鄂西各县为人，春夏秋蚊虫、臭虱、跳蚤、虱子、文毛子、小虫到处嚼人，白昼苍蝇、文毛子犹多。各乡各家屋中有大厕，大雨天热，臭气四溢，焉得不生疾病耶。连日雨未止，湿气奇重，尤难调摄。饭后清理桌上书籍。午后二时梅先霖来谈甚久，留便饭去。五时天空有飞机声，未几降施南机场矣。晚间默写少年时作诗十馀首，另记之。十二时寝。

十五日　晴燥　夜月明如昼　五月十八日　星期二

八时半包德基送箱子来存放，刘迪轩带人挑笔墨来，亦系存放，谓军事似紧张，惧城内遭轰炸也，扰扰一时许方去。予以疲倦足软，今日亦未外出也。梅先林代买之大曲酒已送来，午后及晚间饮二次，香味似未掺杂酒者。默从前作诗又写廿馀首，予之脑筋与记力似未大减也。十二时寝。

十六日　晴热　夜有月光　五月十九日　星期三

九时教院送函件来，予遂匆匆去。本欲赴省银行小学，但时已过，予实不愿带学生同往参观。到院后与陈卢接谈率领学生事，就院中午餐。午后一时带同学生姚海舫等十六人往中心小学参观一、二部。二时半天空飞机声甚多，分批行，约廿架，往东飞，佥云我机往炸宜昌及枝江前线也。四时匆匆回寓，无汽车，行路多，足疲矣。晚间阅杂书，十二时寝，跳蚤多，不成寐。天欲曙时梦作文，引管子语。

十七日 早晴 十时阴 旋转晴 五月二十日 星期四

六时一刻闻警报声大作，六时半敌机似有多数经此上空过，大约报复我机昨日之炸前方也。午后至教院，途遇张友三，云昨日我机炸洋溪，毁敌舰三四，今晨系敌机五十架炸梁山机场云云。到院上课二次，院中诸事拂人意。陈友松接事十个月，至今百无头绪，东涂西抹闹不清楚，此人真有神经病。院内外人言啧啧，费湖北如此巨款，将何以对吾鄂父老子弟耶！四时半归，便过恩施县志馆与胡凤喈、陈志纯谈一小时归。饭后疲甚，晚抄各名家对联，至十二时半寝。

十八日　早阴　午后一时大雨至晚　天明未止　五月廿一日　星期五

早起清理书籍，久候刘金生不来，饭后遂到教育学院上课。四时半大雨如注，向学生借得旧皮鞋。天气变寒，向朱焜刚借得旧棉袍，着之归。雨大路滑，极以为苦。行一时半到寓，饭时饮酒一大杯，虑今日受寒受湿也。饭毕即寝，九时再起摘抄联语，至十二时寝，梦逃警报，天空敌机卅馀架，后二架机低飞奏音乐，地下可见其音乐器具，奇哉妖梦。

十九日　大雨竟日　五月廿二日　星期六

早醒闻大雨未止，度今晨不能往金子坝带学生参观也。仍睡去，十时半方起，写杂件并记旧日诗稿。午后雨犹未止，小睡二时。晚起抄名家对联等件，至十二时半寝，跳蚤多，不能寐。

二十日　晴　夜转钟后雷雨数阵　五月廿三日　星期日

十一时起，饭后常治安来寓问及学校实习事，与谈二时许方去。午后省府送信二件，一叶炳然述晃县物价增涨情形，一贾伯齐云已到任也。阅报，五峰渔洋关战况吃紧，恐不守矣，施城有谣言甚炽。晚十时阅杂书，至十二时半寝，梦予又住一学校，似未毕业，学理科。又见周幼书学工科，刚入校者，奇哉。

廿一日　阴晴不定　晚有阵雨　五月廿四日　星期一

早起吃饭半碗匆匆至教院，至则闻常治安等已到城内附小去矣，遂晤舒峻山谈各事，十时归。便访陈豫生谈近时战事，十一时至省府问李少仁，详告予闻渔洋关失后敌人未前进云云。十二时回寓，足力已疲，腹中馁甚，饭后遂睡约二小时乃再起，晚饭十时方进。阅杂书，至十二时寝。

廿二日　早阴　旋晴　午后阵雨时作　三时以后大雨至达旦未已　五月廿五日　星期二

　　早起清理各事。十一时刘冬生来，饭后带之至图书馆还书，又还省府所借各书，取米回寓。今日晤省府诸人并遇蒋笠庵、张国魂等。闻五峰战事尚可支持，我援军又向前集合抗敌云云。四时到寓，雨已大至。噫，今春雨多，入夏已廿馀日矣，天时不正，暴雨经二旬矣。江水暴增，敌舰得以上行，藕池一段江面封锁线早为敌突破，故有此失。苍苍者天，能助吾国复兴欤？否欤？晚阅唐诗，发现七龄所读诗不知出处者，因补记之。十时疲甚，遂寝。

廿三日　早阴雨　午后大雨　至夜未休　五月廿六日　星期三

　　九时起，倦甚。今日又系雨天，室中潮湿重，心胸郁闷，默察时势将奈之何。未阅报，不知五峰、长阳战事如何。饭后大雨数次,欲往省府探消息,以路滑泥深未果。天雨如此之久,勿乃为下民哭泣欤?晚饭后闷极而睡,六时半再起阅唐诗至十一时,以疲甚寝。

廿四日　晴热　五月廿七日　星期四

早起到省府询近日战况,途遇贺朱庭,云省府今日召集各机关人员训话。九时半到后整容理发毕,训话未竣,无由得知,遂往建厅,周、张两秘书所述尚详尽也。就贡九家吃饭,午后一时到府取信件,子谷自滇寄膏药来,刘九经赠予肥皂六块、蜡纸一卷,自往梁局长处取之。又与贡九访胡凤嗜谈一小时,为移居事。三时到教院与舒峻山谈片刻,至办公厅取得灰布粗衣服一套归。今日先有我机一架停施南场,未几又有我机廿馀架往前方炸敌人,此时已五时矣。予回寓后吃饭毕,刘迪轩来述各事。便写函分致濂溪、先霖、九经等,并约先霖明晨来寓一叙。十时疲乏,遂寝。梦多,谓悔庵取予名章去,予必欲其即还。天未明跳蚤多,不能安枕。

廿五日　早阴　五月廿八日　星期五

六时闻有情报,未几我机昨停者起飞矣。六时一刻天空敌机声大作。起视之,有十三架,分三批炸施城,此屋纸窗震动数次,必系重炸弹也。炸毕六时半矣。估计今日必有损失,见城内火起,午后有人自城归者,炸处多,但死伤者少,未爆炸之弹数枚,二时以后相继爆发,声甚巨。三时半予往省府探问今日情形,约五分钟警报又作,计今日已四次矣。匆匆归,敌机凌空盘旋,遂疾行回寓。五时半吃饭,天空机声作低飞,细视之,系我机来停场者,大约系重要人物又来施矣。明日如天晴,又须防敌机来袭。晚间无心阅书,念此次如战事吃紧,将迁往何处耶。十二时寝,不安枕,多杂梦,似予又在住学校,未毕业,有两自习室,欲开而桌子已被某生占去,其宿舍则类湖堂又补修新葺者,怪矣哉!

民国三十二年（1943年）　四月

廿六日　阴晴不定　五月廿九日　星期六

晨有警报，但昨停之机已先起飞矣。午后又有警报，敌机、我机频频往来。下午四时半常治安来商酌星期一实习事，与谈片刻去。渠云今日闻东方似有炮声数次，此地附近亦有人闻之，似否炮声炸弹声，不得而知也，乡间陈某来寓亦如此说法。晚间闷甚，将迁何处耶？十时寝，心神极不安。

廿七日　晴热　五月卅日　星期日

早起，知为晴天，七时以后方有警报。十一时至电台晤杨台长，知昨日敌机初次炸建始县有损失，并连炸巫山、奉节等县。十二时至曹台长寓与谈一时许，并晤李子瑾谈片刻，又闻刘慕曾等自弥渡退至楚雄办公矣。傍晚嘱梦闲进城去，今日包贡九夫妇来此商议搬家事，予心乱如麻，竟不能采何种办法也。从前自吾乡至汉，自汉而宜，宜昌失陷后更饱受流离逃难之苦，今日思犹有馀痛，设再奔走逃乱，微论无财力人力，近三年精神更大不如前，将奈之何哉！苍苍者天，吾父母在天之灵，孟氏生前亦云暗中佑予康健无祸者，只有此种迷信希望耳。十时寝，招呼定儿与予同床卧，睡熟后梦孟夫人来与予呢。

廿八日　晴热　五月卅一日　星期一

六时起，招呼定儿同起，饮米炮水半碗，匆匆行至教院，八时带同常治安等十人往小学实习，十时毕。予原定在院与常等聚餐，给洋百元与彼等添菜。十时半警报大作，遂往洞避之约一时许，至休息室与诸生谈话，警报又作，遂归寓，疲惫不堪，饭后遂睡。下午四时起，至电台探讯，无甚答复。四时半警报二次，敌机凌空，先一刻我机来此停场矣。未几起飞，五时半又有警报，则不明究竟也。晚间清理零件，十一时半寝，思过去事，心乱如麻。合眼时见先君形像入眼内数次，自是熟睡矣。

民国三十二年（1943年）　四月

廿九日　阴晴不定　六月一日　星期二

五时起，六时至省府探听战况，至鲁科长室中，彼云战事转好，旋许秘书长到室中与予言确已胜利，并付号外一阅。七时半有情报云，敌机向野山关西飞，予遂出转至教育学院与同仁及学生言之。午正过洗爵溪，便访胡凤喈告以此事。一时回寓，饭后小睡，午后有警报二次，我机亦来施停场中。晚清理各事，十时寝。

三十日　阴晴不定　午后三时半大雨　六月二日　星期三

早起仍至府探战况，与昨日同，敌人尚未大退。十时至教院还图书卅九本，昨已还四十本矣。十一时半警报大作，我停机起飞二次，予匆匆回寓。午后至晚饮酒二次，约三两大曲也。九时食饭二碗，十时寝，多梦。

五月

初一日　阴晴不定　六月三日　星期四

早起到省府,知战事渐转好,长阳聂家河等处俱已收复矣。午后至教院,未授课,晚六时归。连日走路,吃亏殊甚,天热尤以为苦。九时清理各事,写信二件。十二时寝,多梦。

初二日　晴　六月四日　星期五

早起,饭后至省府,得玉儿寄来牛膝子壳,又寄昆明膏药一张来,予左腕贴此膏后现已大愈,灵活多矣。晚写信四件。十二时寝,今日至教院授课一次。

民国三十二年（1943年） 五月

初三日 晴 六月五日 星期六

五时起，昨晚万寨罗乡有派伕四人来寓为予搬物，但时机已过，留之食宿，扰扰一夜未睡好。天曙时伕子饭毕，附之函并洋二百四十元去。前存洋百二十元与罗君处，便可嘱其买物也。常治安、郭止戈七时来谈至八时半去。今日接李文荪寄来真同仁堂狗皮膏药一张，又牛膝五六钱，较之玉儿所寄好。李不索价，然逆料总在五十元以上矣，颇可感也。今日早晚警报三次，敌机未至，我机停此者时时飞。晚为锦文笔店作呈稿二、登报稿一，十二时方寝。今日下午至府遇售肉，便买四斤归，端节省得向他处谋此也。

初四日 晴热 六月六日 星期日

八时起，上午警报二次。十时杨霖来寓，询之今日干训团扩大纪念周，因警报未讲演，各法团学生均散去。午后一时警报频作,一时半敌机凌空飞,予曾出视数次,以为我机侦察也。继而机关枪声大作,炸弹已数响,乃知为敌机也。以方向度之,又似在飞机场附近地点。二时以后迭有警报,姜文山来为其子证明事请予盖章,留便饭去,便以程仆事托之。晚阅杂书,十时半寝。

初五日　晴热甚　六月七日　星期一

七时起,九时半有警报,敌机一架在此高空盘旋半点钟乃去。昨闻我机与敌机空战,击落敌机一架云云,我飞机场已毁者现已收复矣,明日尚可虑也。今日天热甚,予亦未敢出门。四时吴羽仙、周适安来坐谈半时去。晚间蚊虫齐飞,不能作事。梦闲带同定生今夕到城内笔店看提灯会,庆祝大捷者也。十时寝后梦予与范寄沧似在一处办公状,又途行买粮食之可口,又似已回籍。

民国三十二年（1943年）　五月

初六日　晴热甚　六月八日　星期二

六时半起，万氏又病，予自升火烧水，食蛋糕三块。送茶叶、扇子与蒋笠庵，七时半往，八时在省府略坐谈，闻前日空战，梁山飞机场有损失；前方战况，宜都于上星期五又吃紧一次，敌人增援冲入宜都云云。九时即归，午后热甚，予畏热未外出。今日晴天无云并无警报，亦奇矣。傍晚李绶玺来云预谋位置事，坐一时许乃去。晚十一时寝。

初七日　晴热　六月九日　星期三

早起，午后一时到教院问各事，得周鹏程一函并附狗皮膏药二张，然非真同仁堂所制也。四时回寓，饭后欲看书，以精神疲乏而止。十时遂寝，不成寐，思往事，真所谓愁如织也。转钟后梦孟夫人以板凳阻予出路，大呼出声乃醒。予明日五十八生辰，连月均念及孟夫人。丙寅五月初七，予与夫人自沙市归，辰相见于荷包湾寓宅，甚相昵也，弹指十七年矣。抚今思昔，不能忘伉俪情。夫人待予厚，知礼义，则予之贤内助者。

初八日　晴热　六月十日　星期四

七时起，今日予生辰，以时局不安未约友朋来寓一叙，非去夏之闲适也。午后一时仍至教院授课。傍晚归，饮酒一杯。晚早寝，殊郁闷也。今晨有警报。

初九日　晴热　六月十一日　星期五

早起，姜文山送信来，为程仆事。十时以后补作画件三张，书字条二张，陈豫生、万儒纲、郭宇藩、陈乐中等所求者，今日一并了之。下午四时毕。省府送来挂号信件，帅和甫寄来怀牛膝、川牛膝各一包，陈季明寄来狗皮膏药二张，王安雪自万县来一信。帅与予三年未通信，兹心能济人之急，可感也。晚十时寝。

初十日　晴热　六月十二日　星期六

早起，十时饭毕，补前存未竣画件计八帧，已成者十分之九矣。午后三时半往省府取信件及报纸，途遇贡九，约之至民厅为周笠渔饯行，旋以人数多，加人已不便矣，又须候至六时方能开席，虑有雨，予遂辞归。晚饭后阅书一小时，遂寝。

十一日　晴热　六月十三日　星期日

六时起，七时至土桥坝买菜，便往省府略坐谈，与贡九同出。九时回寓，饭后补作昨日未竣之画，已成矣。王伯彦来，知已同其母来施，系部令调此服务者，谈二时许乃去。下午三时半包贡九着其子来请予吃饭，谓程仲苏已到渠寓矣，予遂去。四时半到五时半仲苏来见面晤谈，已六年未见矣，谈鄂东事甚悉。同席者王美五、吴道南，俱黄安人，予以仲苏与安人语其家乡事未便掺言也，容日再叙，七时归。九时半寝。

十二日　晴热　六月十四日　星期一

早起，补昨未竣之画件。午后一时往教院再借《辞源》归，晚间清理各事，欲复各处函，以疲倦甚乃止。十时寝。

十三日　阴　东南风频作　午后四时雨通宵达旦　六月十五日　星期二

七时起，疲倦甚，九时更疲乏，欲再睡未能也。遂补连日来所作未竣之画，至午后四时毕，写款盖章，已成者八幅矣，馀当补成书款检置之。流寓数年，兴趣更少，寓中颜色笔墨俱缺，迭因陈豫生之催索，已将山水小帧题诗并款，三日后当交去。晚雨，天气变凉，十时寝。

十四日　早雨　午后晴　六月十六日　星期三

六时起,七时到院,今晨为国文科学生考期考也。午正回寓,饭后补画未竣之件,晚阅杂书,十一时寝。

十五日　阴晴不定　六月十七日　星期四

早起,正午到院授课,并将万、郭二生请画之兰幅交之。午后四时半回寓。饭后未作事,晚十时寝。

十六日　晴阴不定　大风　六月十八日　星期五

写复洪英、胡林稚珊、吴开夏表弟等函,均发出。正午至教院授课,午后四时与陈志纯同回。过洗爵溪略坐谈出,到寓饭后写信二件,晚十一时寝。

十七日　阴　六月十九日　星期六

晏起，倦甚。午后阅书及报，战事仍如前，未有进展。得陈子谷函。晚阅杂文并看学生试卷及实习填表，至十二时乃毕。

十八日　阴　六月二十日　星期日

早起，饭后清理各事。十二时出门，欲往晤周笠渔，途遇李晓波同其妻与其姨姐来寓，正问路，彼呼予，予遂道之。途中详述此次公安失陷后，逃松滋、五峰渔洋关，经鹤峰、宣恩以至施南，其言我溃兵抢劫至数百里，无恶不作，则与失宜昌时同，然或有甚焉者。事不亲见，谁得而信之耶。留之饭，至四时方别去。予亦至包宅取王宇澄所寄膏药，并就贡九家便餐，谈话甚多，省府又须改组云云。七时归，十一时半寝。

民国三十二年（1943年）　五月

十九日　晴　六月廿一日　星期一

早起，十时饭毕，至省府略坐谈出，至陈豫生寓谈一时许，至教院授课。四时至谭君讷先生寓中谈一时许，谭多感慨，予亦多感慨。如此世界那有是非，而所谓教学者，以其昏昏使人昏昏矣。黄季刚死后得名，皆一知半解者，借彼之声名以招摇以欺现在学生，亦犹黄在当时拿章太炎名义以欺当时学生，诚所谓假大贤以自重也。五时至城内买樟脑、艾绒等俱不得。七时乘车至土桥坝，到家已灯后矣，疲甚，饭后未作事，十时半寝。

二十日　晴热甚　今日夏至节　六月廿二日　星期二

六时起，七时至金子坝，沿途休息。九时到省党部与黄离明谈半时许，便访刘廷著归，途遇冯少岩，谈半时许，致将扇子遗失。十二时至包贡九寓，二时至省府，三时回寓，热不可耐。饭后小睡，晚未作事，十一时寝。

廿一日　阴　六月廿三日　星期三

八时起，午后外出一次，至省府知今午各职员无论高低级俱派往城内站班，迎迓重庆来施慰劳团张继、孔庚两团长，此殆慰劳中之慰劳欤？晚闻各员自正午站至下午五时方毕，犹未免除军阀时代恶习也。晚饭后未作事，今午已约周笠渔明午来寓便饭，明晨须自往买菜。十一时寝。

廿二日　阴　傍晚大雨达旦　六月廿四日　星期四

六时起，匆匆至店子坪买菜，十六元合计不及去春五元价格也。战事未中止，将来物价不知涨至如何程度。闻广东某县米价每斤有至六七十元者，此殆以粒计算欤？十一时笠渔来谈一时许，候贡九未至，遂与笠渔同饮，便谈约半时，贡九来又谈一小时，已午后矣。客去，予亦至教院授课。闻学生云，今晨各机关团体职员、民众、学生、军警又往干训团欢迎张、孔二君并听长官训话，站三小时方散。四时回寓,饭后疲乏,十时遂寝。

廿三日　大雨竟日　六月廿五　星期五

九时起,补昨日渴睡也。午后为李生作字画各一件。今日大雨,秧及包谷均有益,此真天与人食也。晚间接武昌汪志道来信,云孙寿山不往渝,予武昌住宅仍有人照顾矣。阅报无特殊情形。十一时寝。

今日阅《南山集》,纪史阁部守杨州各状,较全榭山、黎□□为详。嗟乎!明之亡非偶然,史阁部以孤掌难鸣,不能挽已颓之民气。中叙各事,阅时每流涕不能止,盖予阅《南山集》不止一次矣。汉族脆弱,每每只求苟安,任人宰割,久之相忘,则引"抚我则后,虐我则仇"以自解,致满洲入主中国近三百年而始倾,则曾、左、胡、彭,罪之魁也。廿四日补记。

廿四日　雨终日　六月廿六日　星期六

七时起，跳蚤嚼人极不安也，旋又睡去，十时起。饭后阅杂书，午后阅《廿二史札记》十馀页，科举时代予年十七曾一浏览，今日再读乃知瓯北真学问也。予近廿年屡欲访一精通史学，终不可得。昔时景仰福州林传甲，辛酉林曾过武昌一次，三日即行，未之见。旋闻陶月波之子希圣精中国史，见之于《近代杂志》中，似于吾国历史确有研究者。到施以后未闻精史学之人也。教育学院虽有史地专科，教员中敷衍讲学而已，实①有心得也。晚十一时寝。

廿五日　阴雨　六月廿七日　星期日

十时起，倦甚，为李生作墨兰一、字条一。午后仍阅《廿二史札记》十馀页。晚间写信十封，分致帅和甫、邓

---

① "实"字之前或后疑有脱字。

实、陈子谷、罗年凤、王安雪、袁次璋、袁炳南、陈宇平、李佛波、陈季明，邓、罗、王、陈四人俱有特殊嘱托也。十二时寝。

廿六日　阴晴不定　午后四时半大雨如注　六月廿八日　星期一

八时起，饭后送信往土桥坝付邮。十二时在包宅谈甚久，下午二时乘车至城内转南门外寻王伯彦住宅，行错路约二里，计自南门到其寓约五里馀，见王伯母甚健，问之今年七十八矣。谈别后事约二小时，食面半碗归，循直路到南门近二里矣。过锦文店立谈数语，天中黑云浓厚，虑雨到，急行至北门外，未到大桥，暴雨已至，平地水深五六寸。立阶檐避之，似不能止，遂涉水至梅先霖校中休息，洗脚换衣服，履袜湿透，今晨脚又抽筋，更惧发足疾，决计就校中宿，就梅处晚餐，大约耗渠款五十馀元矣。十时遂寝，房凉甚，展转不成寐，闻窗小雨未止。

廿七日　晨阴　正午晴热甚　晚仍雨　六月廿九日　星期二

六时起，七时梅先霖来校与予早点，计十元，在去春不过二元代价而已。八时到建设厅请黄秘书写信至省府，嘱刘仆到红庙买布三丈，去洋四百九十五元，尚未涨价，另付车洋十二元与刘仆，此布在去春仅二百四十元之谱。近时供应处奉令涨价一倍，则此布每尺须售卅二元，咄咄怪事也。午后五时半天空飞机声，停北门外机场矣，大约有重要人员到此矣。晚复李小波、洪英、胡贵堂、胡煜、孙穉屏、刘石逸、小庶、桂轩等函。十一时寝。

廿八日　雨　六月卅日　星期三

早起，饭后到府问各事，府中扫除刷新准备接差也。午后二时至邮局汇款一百五十元与昆明陈子谷，一请买三七，二还其寄膏药之款也。打电话与省党部，借省府书一册，又土桥坝图书馆李莼客《读史札记》八本、《名人书联》四本，五时归。饭毕阅李札记三本，知真学者。其《越缦日记》予至今尚未借得之，颇以为憾。从前号称学者如黄侃，现在号称学者如闻钧天、陶希圣以及湘人易君左辈，见此书能不愧死耶？施南各机关学校尚不少外国博士，见李书否？即见之，望洋兴叹而已。阅书至目不能睁，十一时遂寝。

廿九日　阴　时有小雨　七月一日　星期四

七时起，饭后写考试题目。十一时到院，至则知考期又改矣。院中停课，打扫刷墙，整理内部，恐有人来看。吁！平时不清洁，今日乃赶办至此，可笑也。午后二时回寓，途中遇雨，急行归。饭后阅书、补写日记，至十一时寝。

六月

初一日 阴雨 七月二日 星期五

早起,饭后往省府、土桥坝。午后归,阅《读史札记》《名人书联》约三小时。晚阅报,默记旧诗三首。十一时寝,多梦。

初二日 阴 大风 时有阵雨 晚大雨 七月三日 星期六

晏起,饭后往教院考试学生,至则知已全体到城干训团听训且站队送行矣。借得《唐诗别裁》及《清文字狱档》《金文最》等书,归阅之,至晚十二时寝。

民国三十二年（1943年）　六月

初三日　阴雨　午后三时晴　七月四日　星期日

晏起，饭后为迟生改诗三首，午后阅《唐诗别裁》，沈归愚论诗，凡例数十条，均为论诗扼要语，前虽阅过一次，未留心也，今日乃摘录其最要者十六条，俾下季教学生之用。十一时半寝，多杂梦。今午始闻知了声，盖节气迟也。

初四日　晴　七月五日　星期一

早起，十时饭毕，十一时出门，足软难行，十二时半到院休息室，茶水公役无有也。教院院长员役前三日因主席要来观学，曾停课打扫洗刷二日，整理内务。今时期已过，依然怠矣，院中诸事均可作如是观。下午一时考英数合班学生，三时考英数下一班学生。五时半归，杨霖来乞写荐函，许以明午来取。晚阅唐诗，十一时寝，多杂梦。

初五日　晴热　七月六日　星期二

早起,饭后十时有警报,午后往省府、教院一次,杨霖来称已毕业,乞写信与陈志五,留便饭去。晚间写复洪英、王安雪、邓实等信件。十一时寝,多梦,似已回籍矣,奇离殊甚。

初六日　晴热甚　七月七日　星期三

早起阅学生考试卷。午后写信二件,读唐诗,阅杂书。晚间热,十时寝,梦奇异不可数。今午李晓波来述又有调任事,教院学生公宴,予亦未去。

初七日　晴热甚　七月八日　星期四

早起,十时至包宅,午后至省府谈一时许,教院毕业生及农院毕业生,主席今日请在干训团为之临别留赠言。闻办饭十四桌,请两院院长及各教授聚餐,予以路远且畏热,午后六点半,如延长至八点不能回寓矣,与许云涟言之不便去也。四时归,十时寝。

初八日　晴热甚　七月九日　星期五

早起,十一时饭毕,午后一时邹乃仁来寓述云湘声升学事,坐一时乃去。二时至省府,知今晚有电影。何事可乐耶?三时至民厅晤朱怀冰,值其阅公事甚忙,仅谈片刻出。四时访程仲苏谈一时许,并晤陶季贤,约其明日上午十时到寓便饭,因今日已买得猪肉二斤也。晚嘱家人办菜,十时寝。

初九日　晴　酷热　午后七时大雨如注　约一时止　七月十日　星期六

早起清理室中各事。九时半仲苏、季贤即来谈一时许，开饭之后又谈一时许，乃与同至省银行晤王梦生、毕世先，熊觉民未在家，留片达意而已。二时往教院，闻舒峻山述前日会餐时事。晤卢亦饶谈片刻，在常治安处坐片刻归。时天乍阴，尚不吃苦，四时饭毕。五时邹乃文、乃仁、云湘声同来，留便饭，写信二件付之去。晚七时大雨如注，约一时止。九时半寝。

初十日　晴　极热　七月十一日　星期日

早起，饭后未作事。午后二时杨霖持介绍函去，旁晚室内蚊甚多，以烟薰之无效，连夕欲阅书报及写作均不可能也。十时寝。

十一日　晴热甚　晚八时半雷雨大作约一时许　七月十二日　星期一

早起，王宇澄来谈鄂北事，物价暴涨，盖有原因。又云彼处奢侈犹昔，娼赌烟酒不禁，请客赴宴千馀元一席者寻常事也，则去年鄂北友人来函所述非虚也。留王便餐毕，省府着人来请予，谓今日主席招集座谈会，各顾问、参议均须出席，请即去。予遂行，到府则已开会半时矣，至下午一时半方毕。幸予已朝食，馀人则自晨七时纪念周起至下午方得食云。散会后予在秘书处吃饭，与施方白、宛思演各谈甚久归。晚间大雨如注，电光闪闪一时许，室中漏，亦不能作事，十时半寝。

十二日 晴热 晚月色佳 七月十三日 星期二

早起，十时写信二件。午后四时至省府谈各事，贡九谓陈伯村来寻予，为论语学会事，彼已述会员中有离经叛道者，代述予不愿入之意矣。六时至省银行，因王、熊两协理请客，程仲苏、蔡文宿为主，予与贺葆三、林逸圣、陶季贤皆作陪也。菜精美且有尺长之鱼，恩施物价虽昂，银行阶级中人不怕贵。吁，金钱魔力哉！七时半席散，至贡九院中乘凉，王宇澄亦在座，谈一时许归。月光如水，风景极佳，到寓休息二小时遂寝。

十三日　晴热极　晚大雨如注　七月十四日　星期三

早起，午后写信二件，正午热甚，旁晚天沉黑欲雨，迅雷风烈，雨未至时天空中发声如飞机盘旋，予出视数次，则时时作炸声，奇矣。众人都出视天雷，风在高压下，云气直上，寒热空气鼓荡，乃发此怪声欤？吾思从前史书灾异者，必以此现象为天鼓鸣矣，约五分钟乃止。六时半以后大雨至。夜分杨霖来乞介绍函去。接教院请客帖，并约明晨到校。

十四日　晴热　午后二时有阵雨　七月十五日　星期四

早起，七时到院。细询今日请客未约新聘教授及兼任教授，新任如陈、包诸人，院长并未请渠等一次，陈且未与见面，奇哉。嗣闻舒峻山告知予诸事，尤为可鄙，以教院清高之地，教授清高之人，如玩猴戏，未免品下矣。予九时遂归，未便吃其午餐也。回寓后午饭，十二时半小睡，二时命仆取王副行长代购之布归。晚间因蚊多未作事，十一时寝。

十五日　晴热甚　七月十六日　星期五

晏起，十一时饭毕，以天热未能出门。检各处函应复者一一答之，计陈子谷、石仲章、龙诗樵、张文庆、周淬成、云海霞、宋济贤、廖玉田、张天则、聂燮诚十人，俾明晨发出。午后谢柴伯自小龙潭来乞写函教厅，为分发事，与一谭姓学生同来，留之面饭去。带来豆豉一斤、香苣半斤，为其兄丛阶索书画者也。晚十时寝，多梦。转钟二时起一次，自是梦奇离矣。予办学校，省立师范，又金湖中学，以予本籍堂屋作教室；又见先君立脉案桌下一盆草药如玉簪状，予问其名，先君未之答也，遂醒。

十六日　晴热　雨　七月十七日　星期六

早起，饭后教定儿写字。午后阅清史及杂书，约三小时乃止。古人研究史学时，如黄太冲自晨鸡鸣起，晚至鸡鸣止，读史丹铅并下，必尽一本，两年而毕廿一史，用功苦，晚年尚不以史学传，见黄序万季野《历代史表》语。吾辈之阅史，幼年心粗，涉猎而已，盖以备科举中试史论时用之。今则年老，阅之不入，迨如看小说、演义之类，言之惭愧无地。午后外出一次，晚十时寝。

十七日 阴 晴 时有阵雨 极热 七月十八日 星期日

早起，饭后至教院、省府各坐谈一小时，至陈豫生寓略坐。今晨朱贤守来，持有朱鼎卿和傅总指挥《五十述怀》诗四首，已有改窜，再请予正者也。朱以军人亦能诗，较之陈院长友松和包贡九之作雅驯多矣。午后至图书馆借书六种，带迟儿往取之。王宇澄约便餐，五时往，闻程仲苏六时方到，予遂提前吃饭归，廖西平、叶建高、周菊邨同席。傍晚归，闻谢纯丞来，闻坐甚久去。晚阅借归之《中国史》，萧一山编著。十一时寝。

民国三十二年（1943年）　六月

十八日　晴热　七月十九日　星期一

早起，午后至财厅看谢纯丞未晤，与易泮香、赵朗山、陈寿梅、傅逸尘、曾静海各谈片刻归。访陈志五，值其睡，未晤。午后三时回寓，热甚，闻今晨城内干训团扩大纪念周职员受热倒地者十馀人云云。晚阅杂书，写诗稿三页，备交朱鼎卿者。十一时寝，多杂梦。

十九日　晴热甚　七月二十日　星期二

早起阅萧编史学，饭后久候谢纯丞不来，未几赵宅送信，谓彼午后五时可到也。今日午前、午后有警报二次，二时半省府送来急信谓开经济座谈会，在店子坪集合，乘车急往。予匆匆去，到则无甚消息，且店子坪亦无二科人员招待也。遇陈庆复始述同幕至包寓探听，则知包、张二人俱往送主席行，往飞机场立候矣。予遂归。晚六时谢纯丞来，留便饭，写信四件付之，彼所托预为介绍襄阳各机关者也。十一时寝。

二十日　晴热甚　今日初伏　七月廿一日　星期三

六时起,饭后阅唐诗、写信三件。午后往图书馆借书,四时回寓。晚间未作事,十一时寝。

廿一日　晴热甚　七月廿二日　星期四

六时起,饭后往省府,知此星期五省府例次添入顾问、参议诸人列席也。曹印陀托予向许说调事,已向李秘书言之详。午后三时回,饭后小睡。傍晚阅书、写字一小时,以蚊多,十时寝。

廿二日　晴　极热　七月廿三日　星期五

五时起,六时漱毕,梦闲往土桥坝买柴,带仆去,予往省府，今日第四百五十五次会议，约参议、顾问诸人列席也。毕斗山、宛思演、谭锡恩与予等十一人均到，未到者系住远与在渝未来之人。议案十八件，下午二时方毕。公务员加薪宣传多日，今日决议中央补助对各厅处仅加每人一百五十元而已。近二旬各物陡涨，及供应处奉令涨价者，每人已超过三百馀元矣。今日闻陈友松辞职已照准，继任童某则不就，张厅长暂兼云云。在蒋立庵处坐甚久，三时回寓，极不可耐。晚饭后李生绶玺来谈教院①学院近事，曹印陀来谈甚久去。晚十一时寝，寝后不能寐，伤风鼻塞颇难过。

廿三日　晴　极热　七月廿四日　星期六

早起，连日热甚未能作事，遥想城中及土桥坝住户此时情况，当如武汉热度矣。晚间蚊声大作，以烟薰数次不退，聚蚊真可成雷矣。

---

① "院"，疑应为"育"。

廿四日　晴热极　七月廿五日　星期日

早起清理室中诸事，写信与黄纯璋。午后来客一次，晚热蚊多，寝后时时起坐，盖热不能安枕也。

廿五日　晴　酷热　七月廿六日　星期一

早起阅杂书，写信二件。午后补作前存纸未竣之画也。又为李生写兰，邓生写字条，刘寿堂作字幅、画帧各二件，五时成。晚以蚊多早寝。

廿六日　阴　七月廿七日　星期二

早起往省府与诸人谈问近五日各事，予畏热连日未外出也。至下午二时方回寓。晚间室中竟不能睡，手持扇不停挥，可想见城中、土桥坝人多热度矣。十时寝。

民国三十二年（1943年）　六月

廿七日　阴　午后晴　七月廿八日　星期三

早起至省府，就包宅吃午餐，午后途遇梦闲，云白仆已回利川矣。予遂往晤姜文山，又往省府请李秘书写信，又访段秘书为胡升谋宜昌县府事。接鄂城来二函，洪英述周婿治斌于五月初九日由石灰窑回县城病故矣。此子不听教训，飘荡无所不为，前日自远安回鄂城后，迭接其来函，与洪英、朱茂林等函对照，真劣性存在，且十年不养小女，致小女仍寄食于茂林宅，幸予本籍尚有房租可收，不然吾女且为饿鬼矣。此子虽属予亲，与路人何异耶？遥想民国三年五月间事，先君对于周姓，以次女与之，则非予之愿也。今日思之，觉次女命苦，此则前定者也。晚阅杂书，心绪纷乱，十时寝。

廿八日　晴热甚　七月廿九日　星期四

早起，十时饭毕，赴教院晤舒峻山谈片刻，至恩施县志馆晤陈志纯、胡凤嗐,谈至午后二时。座中晤张春廷述枝江沦陷时情形,敌人焚杀,我溃兵劫掠,民逃难甚详。噫,明末闯献之乱,满清下江南扬州、屠嘉定之惨有以异乎?敌人可杀,汉奸可杀,溃兵可杀。此数年间民众痛苦,不知当局亦详闻而动于衷否乎?三时归,晚间蚊多不能作事,十时寝。

廿九日　晴热极　七月卅日　星期五

五时半起,六时半稀饭毕,七时到省府,因今又是例会。八时半开会,今日争论少,十时半即毕矣。空文空洞,坐而言,未能起而行,以予推之,不独吾鄂一省为然也。十一时午餐后与蒋笠庵、施方白谈甚久。午后一时到包宅谈一时许。到民厅为胡文卿写荐函,请段继李出面致游锦章者,三时归。晚饭后薰蚊洗澡毕,倦而小寐。八时起,写信三件,十时半寝。

三十日　阴　上午十时小雨　夜十二时以后大雨约二小时　七月卅一日　星期六

早起，饭后写信二件，十时默记诗稿。午后补写昨日未竣信件，计李晓波、姚兆鳞、刘鲲游、刘石逸、洪英、邓实、袁子青、沈伯铭、胡升、邓映宇、黄龙斗等十一封，备明晨发出。晚十一时寝。转钟一时半闻大雷雨，室中大漏，遂起接漏，扰扰至一时乃毕，自是大雨约一时许乃止，闻小雨达旦。

【附录】

寓施六年，以地湿多病，昕夕所见皆拂意事，寝后多梦，几一月数在奇离或不可思议之境，盖血气已衰，神不守舍矣。每欲不记，又时不能已，以后亦无相应之事，以后须戒之。

敌机轰炸重庆及梁山、万山①重要区域是年次数□□最多，施南城区亦迭遭惨炸，如此深仇，寓施南同人无不切齿，日寇投降，同仁生还武汉者每一回忆，犹有馀痛。

壬寅冬峙山老人记　目力愈减

---

① 万山，疑应为"万县"。

七月

初一日　早雨　午后晴　极热　有阵雨　辛卯　木昴虚
　八月一日　星期日

　　早起，十时饭毕，作画调色，皆前日未画竣者。十一时王伯彦来述其侄幼良转学事，一一告之。晚间室内蚊多，早寝。

初二日　晴　极热　有阵雨　晚大雨　八月二日　星期一

　　早起，进早点毕即往省府。遇李子瑾、阎任之，约以明晨往龙洞一聚，访陈伯村也。百村约予与志纯、立庵到论语学会，前托词拒之，然以其意佳，不能不访谒一谈耳。书条约方白、立庵明晨同往。十一时至贡九寓午餐，午后二时与同往陈豫①寓略谈，豫生明日六十二寿辰，便祝之。三时至教院，四时回寓，汗出如浆，热不能吐气。饭后室中蚊大作矣，每晚不能写字看书。十时寝，今日报载林主席昨晨病故。

初三日　晴热　阵雨数次　八月三日　星期二

六时起，六时半漱毕，出门到三孔桥已七时半矣。贡九、叔隆、立庵、方白俱在茶肆候，继羽仙至。予早点后即与诸人乘船到参议会略坐，遇段鸿轩，略谈即出，至龙洞主席官邸，贺葆三先在座，陈百村、阎任之、李子瑾来相招待，欢笑半日，逸尘方来。十一时午餐，午后三时又进餐一次，菜甚丰，大曲酒一瓶，则贡九与叔隆尽三分之二也。议诗社及草亭之名，半日不能就，吹求顾忌，莫衷一是，以两字而难就，真所筑室道谋，殊可笑矣。予最不爱咬文嚼字者，谓议两字不成，明日再议可也。五时辞

---

① 豫，应为"豫生"。

归，仍乘船至桥边，抵寓已昏黑矣，疲乏甚，十时寝。

初四日　晴热　有阵雨数次　八月四日　星期三

早起，饭后往省府一次，中餐在店子坪。午后大雨，旋晴，四时半至教院为陈友松饯行，候至六时半友松方归。七时开席，计四桌，院外参加者仅予一人，以前日与黎翔凤言之，不能不践约也。韩、陈、卢饭后相继发言约二小时，予九时半乃得归。二工役持灯送予，到寓汗透衣外，洗浴后遂寝。

初五日　晴热　有阵雨数次　八月五日　星期四

早起，饭后补作未竣画帧约三小时。晚饭后蚊多，以烟薰三次竟不出。蚊大如蝇，嚼人如蜂。予在施南已三年，夏秋间最怕蚊嚼，室窄地湿，真无法驱此毒物也。噫，施南之毒何其大耶。晚十时寝。

初六日　晴　极热　午后五时大雨如注　平地水深六七寸　六时半旋又雨达旦　八月六日　星期五

六时起，七时到省府。今日例会，议案六件，十时半毕。府内悬牌，明晨六时在干训团开哀悼林主席大会，各厅处、各机关全体均须亲到云云。午后二时予回寓，热甚。五时晚饭，大雨倾盆，满屋接漏，此雨如移在前廿日，施南为十分丰年矣。天下事不圆满者类如此。十时寝。

初七日　晴热　晚九时大雨如注　雷震瓦屋者三次　八月七日　星期六

早起倦甚，饭后以足软不能出门。十时饭毕，补作未竣各画，已成者四帧，明日当分别交笃周、豫生诸人。午后天热，忆今日七夕，孟夫人于廿二年此日病垂危，伤心与予说各事，尚注心头也。初九日为其忌日，数年未归，未能致祭,思之泫然。晚间大雨,平地水深六七寸,夜半乃止。

初八日　晴　酷热　今日酉时立秋节　八月八日　星期日

早起,九时饭毕。昨日程仆回家去,释后须休养也。十时牟仆来与代替者,寓中挑水艰难,非仆不行矣。午后写各画件款,张笃周之画系《曲水洞荚会图》,须填去岁款,《艳菊图》予写款自留之。馀为鲁伏生之款三帧,皆题诗,四时竣。饭后未作事,今日立秋感慨多,向谁说耶。十时寝。

初九日　晴热　晚大雨　八月九日　星期一

早起倦甚,十时饭毕,到省府途遇高元勋,谓许秘书长辞职照准矣,继任者仍刘千俊云云。到府后细询各情,午后一时交画件与鲁伏生,购得白糖一斤,乃机会也,予初不知之。四时回寓，热甚。晚雨改凉，十时寝。今日为孟夫人忌日，未能举行祭典，予实冀其早已托生他姓矣。

初十日　晴热甚　晚雨甚大　已子时过矣　八月十日　星期二

早起倦甚，十时饭毕，到府补领薪水百元。午后往陈豫生处谈一时许，便送张笃周画件与观之，并托其做序一篇，载在先君遗墨之前，说明此次在宜昌拾得此本颠末也。二时至胡凤喈处与志纯等谈甚久，就其馆中晚餐。适周已来，便将此画与之，称谢而去。五时半回寓，接教院转来一信，张教厅长请五时半吃饭，且在城内，未能去也。十时寝。

十一日　晴热甚　午后阵雨数次　八月十一日　星期三

早起，饭后为鲁伏生写字、石砥丞作画并字，皆小件也，均易成功。晚饭后雨止仍热，室内蚊极多，烟驱三次乃稍好。十时寝。

十二日　晴　极热　八月十二日　星期四

早起，七时已到店子坪。早点后乘汽车到北门内遇卢兆麟，与同至干训团，知教育学院校友会已改为十时举行。予与刘白如言不能候，托词回至站。无车，步行到建厅略坐，到省府取信件，至立庵寓中略谈，至民厅与段继李略谈，予问及朱怀冰是否应辞职以避此环境，彼云态度尚未表示云云。午后半时有警报，抵家后敌机一架过此上空，未几解除。明晨"八一三"纪念，闻各机关职员须一律到干训团行入伍典礼云。晚十时寝。

十三日　晴　极热　八月十三日　星期五

早起，九时饭毕，包贡九来寓又留饭。十时与同往七里坪赶场。午后一时回寓，热甚，晚饭后蚊多，寝亦不安，亦不改凉。

十四日　晴　极热　八月十四日　星期六

早六时起，七时到省府开会。昨以纪念日省府例会改为星期六举行也。午餐后嘱牟仆另雇伕子买米归。予头痛甚，刘振华引一杨姓来，谓为鄂城金牛人，与谈片时去。晚间尤热，未作事。十时寝。

十五日　晴　极热　八月十五日　星期日

早起，今日上午约王宇澄、汪文伯、赖信荣等来便饭，仅王一人到，馀均有事未能来也，与王谈二小时乃去。午后雷声大作，似有雨势，然已行他处矣。六月雨隔沟下，俗所谓"花雨"也。晚热，室内蚊极多，九时半即寝。

十六日　晴　极热　午后半时大雨如注　晚雨至天明
八月十六日　星期一

早起，胸膈作痛，连日咳嗽，肺管喉间俱痛，食八卦丹并饮酒三次，胸仍不舒也。午后半时山雨忽至，自是旋落旋大，满地成渠矣。今秋此间丰收，此则事之不可逆料者也。晚九时半以天凉遂寝。

十七日　晴　极热　八月十七日　星期二

早起，朝暾射窗外，树林中蝉声大作，秋蝉本寒蝉噤口者也，一逢朝日振翼作声，受日光与热故也。此景予西迁初到宜昌陈家畈时似之，屈指六年，每一念及，愁闷何似。抗战已久，吾人所希望于国军者，至今失地未收复，今夏藕池、南县、公安等又失地数百里，则又何说耶。午后阅杂书，晚蚊多如织。十时寝后夜起数次，咳嗽不停，极以为苦。

十八日　晴　极热　八月十八日　星期三

早起，饭后至包贡九寓，遇卢邦俭自巴东来施投案，盖撤职查办后尚有贪污案未消也。与贡九谈二时许，午后二时往省府休息，闻秘书处交代甚快，刘千俊今日已回施准备复职，秘书室各员已纷纷至其寓迎慰矣。予遂回寓，便遇立庵谈各事，到寓汗透衣裤，冀出汗以减咳嗽疾也。晚十时寝。

十九日　晴　极热　八月十九日　星期四

早起，十时饭毕，补写去岁所作画件题款。午后看唐诗，晚蚊多，驱之不出，室中不能作事，殊可恶也。予武昌住宅夏秋无蚊，即有之，不可三四。良以地干燥、房中洁净，裱褙而地楼板俱清缝，至蚊无藏匿处，真所谓宵小绝迹。此地则无异宵小横行也。十时寝，多奇离之梦，似已在湖堂肄业并见当日钟楼老者。

民国三十二年（1943年）　七月

二十日　晴　极热　八月二十日　星期五

早起，九时饭毕，昨晚得通知，知省府例会不开，然予早料及之矣。十时往教院探近讯，云校长未定人，院中散放，无人负责。噫，此最高学府也，用湖北款若干得结果如此，将何以对湖北之人民耶？过洗爵溪便与凤喈、志纯、茂先谈一小时归，晚未作事，蚊多嚼人。十时寝，咳嗽大作，前服立庵开方，痰易出，咳亦颇长也，转钟后咳尤苦。自是倦后入梦境，梦先母及先姊状如平时，又梦死友孟春溪、汪小轩，其声音笑貌如当时。又梦予住宅已另租，似非东门。时有警报，又似敌人尚未离县者。醒后斯境如在目前也。

廿一日　晴热极　八月廿一日　星期六

早起，昨夜咳嗽仍未愈，食蜂蜜已五天矣，大便仍不畅通，中焦火隔，致且下气不舒也。午后补作未竣之画并题款，自留者十幅，便随时展玩。今世流行之展览会，每以个人之字画集于一处招人鉴赏，曰某某画展或书展，殊可笑矣。晚十一时寝，多奇梦。

廿二日　晴　极热　八月廿二日　星期日

早起，饭后又作画题款，再提留二帧，馀均可给人也。十一时至曲水洞，今日笃周代诗社办席，并借其地开筹备会。十二时半到者已廿六人，蒋立庵因事先退。一时开席三桌，二时开会并讨论简章。予胸膈忽涨，头晕欲呕，遂入室中休息，自是欲呕极不可耐者约半小时，汗出如浆，两手背俱流矣。汗后大冷类中暑，乃起呕吐，盖积热在胃，气逆不能纳也。三时以后外边为举社长争执，陈伯村不就，乃以张春霆补之。五时半客散，予至黎宅同梦闲及定生归，彼等今日亦到曲水洞游览，在黎宅吃饭。回时已薄暮，洗澡毕，气渐舒。十时食稀饭一碗，十一时寝，今日有警报二次。

民国三十二年（1943年）　七月

廿三日　晴热极　八月廿三日　星期一

六时起，九时饭毕，未几有警报，大批敌机过此上空，久未见此状况。前闻情报，敌人又集中队伍，飞机多架至沙、宜，似可虑也。午后补作各画俱竣，留七张佳者保存之，又五张次者题款自留。画师每每替人作画而不自留，沈石田晚岁暴富，悬金收回自画，乃搜求久，偶有所得，细审之，赝品也。盖伪以沈原稿作首，乃蒙马以虎皮。予之志与沈雪卢师同，雪师四十岁以后作画佳者自留之，无事时即自己作画以自娱，汇集甚富。其长子伯名能传衣钵，有名于时。癸亥予在闽城军署曾索得临王画册八页，又直条一帧，皆精品也。是时雪师作古三年矣。伯名以师生前曾有为予临画之约，慨然与之。噫！民十五以前，朋友尚讲道义，保持旧日礼教，重世谊。今则所谓交情、所谓师弟者，势利而已，势利尽后，路人而已，可慨也哉。晚为刘石逸之尊人作碑文，此久未答复石逸者，挑灯构思，十一时乃已，文成三分之二。

廿四日　晴热　今日处暑　八月廿四日　星期二

早起，六时五十分有警报，敌机一架掠此空过去。十一时又有警报，未几我空军有五架退至恩施机场，另一架低飞侦察，不知何意。晚得省府信，可提前购布及油盐等等，大约移交在急也。晚十时寝。

廿五日　晴阴不定　暴雨数次　八月廿五日　星期三

早起，牟仆辞去，给以工价卅五元，彼仅做工半月也。饭后暴雨一次，十一时往包宅，午后二时至省府，又大雨如注，买油盐等条子未能及时取货。剃头一次，四时回寓，饥甚。饭后清理各事，十时寝，多梦。

廿六日　晴热　晚大风　八月廿六日　星期四

早起，六时早点毕，七时到省府，因今日提前开例会也。十一时毕，无多要案。饭后与方白、立庵略谈，午后回寓小睡。晚饭后欲作事。十时寝，梦至黄冈乡村间，有新改做之学校二处，遇朱益来道予，予谓尔在此住家耶。

廿七日　早阴　晚雨至十二时止　八月廿七日　星期五

八时起，昨睡甚恬，此月中仅有此美睡也。闻各厅处职员俱到城内干训团举行祀孔典礼。考孔子诞辰自宋迄清均为阴历八月廿七日，民国十五年以前犹未改。廿年以后有就阳历计算者，亦未行。廿四年戴传贤以院长资格倡为改阳历，以上巳三月三、中秋八月十五及孔子诞辰八月廿七，尚有节令甚多。均通令改为阳历，现行之已数年矣。惟民间习惯中秋、孔诞等等仍守旧历。噫，此与国计民生、政体有何关耶？考孔子生于周灵王廿一年，即鲁襄公廿二年庚戌十一月庚子，此从周正也。近人贾丰臻推西历计算，谓鲁襄廿二年为西历纪元前五百五十一年，印度之释迦牟尼生在西元前五百五十七年，尚早孔子六年。孔与佛异地同生，甚奇云云。饭后命五儿习字一张，晚饭后补写刘石逸字幅，九时为其父宇丞作墓碑，初起草也。十时寝。

廿八日　晴　小雨　八月廿八日　星期六

早起，饭毕往省府买零布煮青等等，午后三时方取得。四时回寓，饭后作刘公墓碑文已成，只铭语未定也。十一时寝。

廿九日　晴　八月廿九日　星期日

早起，八时姜昌培同史地科学生来谈甚久去。教院院长至今未定人，耽误学生光阴矣。饭后作刘公墓文，铭语俱就，书之，俾三日内付谢柴伯带建始。午后又为石逸写字一帧。晚未作事，十时寝。

三十日　早阴　晚雨　八月卅日　星期一

早起，饭后补作刘公墓碑文已成矣。平淡为碑志文正格，不求华茂，不作翻案。遗贻大雅，但俗人见之，谓此等文不吃力，则误矣。晚读唐诗，幼时所读，今日温习而已。连日室内蚊多，极难驱尽，湿气重，非吾辈鄂东人所宜居也。十时寝。

八月

初一日　晴热甚　八月卅一日　星期二

早起，饭后写信二件。十二时往省府，午后二时贡九来谈，便约与至刘千俊寓中一谈。三时谭、饶、蒋诸人均到齐，因今日为许莹涟饯行、刘千俊接风也，酒菜均佳。主人仅施方白因病未到，宾主尽欢，五时方散。归后清理案上积件，作诗二首，十时寝。

初二日　晴　午后大雨　夜雨达旦　九月一日　星期三

早起，饭后写刘碑文稿。今日省府纪念日聚餐，予未往也。十时至教院晤舒峻山述昨日开会事。教院无人负责，费湖北如此巨款，耽误学生光阴，陈友松办理不善，应负此贻误之责矣。下午一时过县志馆与志纯、凤喈谈二时许方归。晚饭后阅杂书,十一时寝。

初三日　阴晴不定　热　晚雨　九月二日　星期四

早起,饭后作画,盖补前日未竣者也,拟自留之。午后写信二件,为刘九经之子考中学也。晚读唐诗觉有味,记放翁诗云"青灯有味似儿时",此境则予九岁夜读情状也。噫,流离数载者大无成,可慨也哉!十一时寝。

初四日　晴热　九月三日　星期五

早起,食面一盂,匆匆到府,今日例会须列席也。刘慕曾、滕昆田俱到差,李士魁改参议。十时半开会已毕,十一时吃饭,正午予往教院取八月份薪津,便过陈豫生寓谈甚久,三时取薪归。饭后疲甚,晚十一时寝。

初五日　晴　午后五时大雨如注　平均水深三四寸　七时乃已　九月四日　星期六

早起,饭后写信分致陈敦甫、宇平父子,刘桂轩,黄纯璋,杨稷丞,陈子谷,刘石逸,李莲方,备明日发出,皆久积压者也。午后五时大雨约二小时。晚阅唐诗一小时,疲甚遂寝。

初六日　晴　九月五日　星期日

六时起,室内蚊多,以烟熏之,奔出者约三四十枚,可谓多矣。八时半饭毕,命迟生送信六件往邮局,并送信至教厅问云湘生分发事,午正至七里坪访邹乃仁,途遇之,遂将廖信交彼一阅,嘱其明日往厅直接晤谈,再以电告云海霞。在陈绍武处略坐谈归。下午五时杨稷丞送张难先来函,为辛亥革命史料事,谈一时许去。晚写复李廉方先生函,并寄照片去,李前两月索寄者也。十二时寝。

初七日 晴阴无定 午后四时雨 晚雨达旦 九月六日 星期一

早起，饭后送字画与蒋立庵，至包宅一谈，至省府索米未能即得，殊可恶，办事人如此无良心矣，据说八月份尚有多人未领得公米。与昆田谈各事，知鹏程状况甚佳，在本籍月入共八百馀元，总比施南公务员为优矣。回寓后杨稷丞送曹寓张难先函来，仍索辛亥武昌起义史料稿。午后时四时小雨，入夜渐大，阅杂书，至十二时寝。

初八日 雨 寒 九月七日 星期二

六时半起，饭后写信分致各人，匡超然、黄纯璋、辜南杰、姚兆麟、罗年凤等。晚阅唐诗，十一时寝。

初九日　晴　今日白露节　九月八日　星期三

六时起,八时半饭毕。十时补写《施州偶忆集》未竣之稿,实记不起者,数首中欠一二句或缺四句者乃补足之,俾明日送府代印。午后写邓实及玉笙女信二件。教院姜昌培引李必银来见,谈近事半时去。晚十一时寝。

初十日　阴　九月九日　星期四

早起,饭后发匡超然信,附邮票卅五元去,请其代买麻油也。午后阅杂书,晚读唐诗。十一时寝。

十一日　阴　晴　午后五时暴雨一阵　九月十日　星期五

早起,饭后发黄纯章、邓实等函,至包贡九寓谈甚久,并引沈碧舫至其寓,彼则已出门矣。五时回寓,距寓半里大雨忽至。饭后阅报,昨日报载意大利已投降盟军矣。果尔,则日本、德国已去一助,则胜利在望矣。晚十一时寝。

十二日 晴 九月十一日 星期六

六时起,七时半饭毕,午后未作事。晚阅唐诗并杂书,写刘桂轩函,明日发出。十一时寝。

十三日 雨 午后一时晴 晚月色佳 九月十二日 星期日

早起,饭后往土桥坝民享社,沈碧舫、张春廷、饶聘卿出名义为诗社成立聚餐也,雨路甚滑,春廷、校文、子瑾未来,陈伯村作函请假矣。饭后张笃周同聘卿来,遂开会,决议改汉声社为汉声诗社,简章亦改数条,午后二时方散,与陈、沈便至包宅略谈回寓。饭后阅唐诗,十一时寝。

十四日　晴　夜月甚佳　九月十三日　星期一

早起，连日伤风，鼻涕时流，极不可耐，睡眠时少，能睡熟不过三小时而已，早起尚可减痛苦。九时饭毕，午后阅杂书。晚间食汤元过多，胃作涨，极难受。十一时寝，成寐仅二小时，起溲二次，再睡已转钟三时矣。作奇梦，今年梦多奇异，然此梦则奇到不可思议之境。一要人为一重要者剃头理发，其额上发前指如撑棚，然重要者卧时似未熟，眼微开，要人乃得施其手术，整理毕而前宅一人中风急卒，又一人病死。未几室中同人为此人延道士开路。重要者已换新天青色布制服起矣。与同籍数人言重要事，同室中认识仅贡九一人为熟人，馀七八人似显者，醒时天尚未明也。此梦太奇离，是以补之。然则果有验欤？

十五日　晴热甚　今日中秋　月色佳　九月十四日　星期二

六时半起，忆昨梦殊好笑。八时往教院，知院中总务组长已易人，保管室及秘书俱系厅派，已接取四日矣，以后教院有进步欤？予未敢过为信也。盖始基已坏于陈友松，不可救药也。午后归，晚饭后阅杂书，今日又是中秋，仍在施南，抗战胜利日日望之耳。九时月色大佳，多感慨。十一时寝。

十六日　晴　九月十五　星期三

早起，饭后至省府取信件、报纸，盟军战事似胜利，倭寇近月飞机未出动川鄂等地，可以知其窘状矣。今日请陈寅周代续印诗稿，将原本子交之。午后三时回寓，行路出汗，秋阳甚烈，足软呈疲乏状，老境也。晚饭后阅唐诗，十一时寝，多杂梦。

十七日　晴热　九月十六日　星期四

早起，饭后阅唐诗，午后买花生廿六斤，每斤六元，湿花生也，晒干仅半斤，较之予来时已涨廿馀倍矣。接朱祐亭函述鄂东事，知李石樵亦应付不讨好。甚矣，官之难做也。晚阅唐诗，西迁以后在宜在施兴趣萧索，未能朗读高吟，只阅之而已。晚十一时寝，连夕杂梦。

十八日　晴热　九月十七日　星期五

早起，七时至省府，今日例会，八时半开谈话会，因委员人数不足法定也。语言多无实际，卫生处提案整理乡村住宅卫生清洁等等，说得好听，识者见之，谓其无聊而已。十二时散后饭后归。天热甚，晚饭后未作事，忆亡儿根生，明日为其忌日，已满六年矣。使其在世，今年廿六矣，思之泫然。十一时寝。

十九日　晴热　九月十八日　星期六

早起，饭后往教院，欲借书，而图书馆数日未开门，云办移交矣。在舒峻山寓略谈出。在胡凤喈处遇毕斗山、张春霆谈一小时，归后小憩。吃饭毕疲甚，小睡一时许。

今日为亡儿根生忌日,前、去年均烧楮志痛,今日则废除矣,愈感触而愈增悲痛,人之修短寿夭皆天主宰之也。晚未作事,早寝。

二十日 晴热 午后五时半大风雨 九月十九日 星期日

早起,饭后到省府取得纪常、胡升二函。十一时至包贡九寓略坐,归时途遇徐汉樵而约其明日上午来寓吃饭,欲详闻吾邑各事也。贺伯名赠予茶叶一斤,闻购自巴蕉者,价仅卅馀元,如由吾辈在城内购买,须百廿元矣。归寓时刘迪轩在此,便托买药。午后二时陈豫生来谈,便留之饭,五时半别去,大雨一阵,晚九时以后雨约二小时,十一时寝,今日托赖股长发电与李参政廉方。

廿一日 晴热 九月二十日 星期一

早起,饭后往省府一次。午后阅唐诗,写信二件。晚阅杂书，十一时寝。

廿二日　晴热　九月廿一日　星期二

早起，饭后往省银行小学晤李校，便托定生读书各事。至沈碧舫家中道喜，谈半时出。至陈志纯寓中谈甚久，胡凤喈谈往事，约二小时归。饭后阅杂书，写信三件，晚十一时寝。

廿三日　晴热　九月廿二　星期三

早起，饭后到省府买物，但食米至今未发，午后归。晚饭后阅杂书，写信三件，十时寝。今日托赖股长发电往周□海转任岱青。

民国三十二年（1943年）　八月

廿四日　晴热　九月廿三　星期四

早起，饭后往省府买肥皂、取油印诗稿，得洪英、胡升、王安雪函，午后二时回寓，嘱仆到府挑包谷。现时尚未买职员眷属米，奇矣。晚饭后写信三件，十时半寝。

廿五日　晴燥甚　晚六时小雨片时　今日秋分九月廿四日　星期五

早起，饭后写朱介蕃、杨霖、云海霞函，俾明日发出。今日买得咸丰米十斤，每斤四元，尚不甚贵。晚写刘廷著、李芳函。十一时寝。

廿六日　晴　晚小雨　夜大雨　九月廿五　星期六

早起，建始来人将刘先生《易经》取去。饭后至七里坪赶场，十二时半归。今日大风，途中尚不甚热。晚间清检新旧油印诗稿，分寄江西黄小浦及宣恩匡超然、辜南杰等，明晨发出。十一时寝，多梦极杂，似予回鄂城矣。见先父母及先姊俱在，予嘱洪英明晨当往孟夫人坟中一看云云。

廿七日　雨　寒　夜大雨　九月廿六　星期日

早起，十时早饭毕，清理各事后至包贡九寓坐谈，因施方白今日约省府同仁至其家吃饭。午后一时慕曾、莹征、印澄等六人同往，行马路中，幸着皮鞋，予初以为马路易干也，不知泥深寸许矣。过朱家坳时包贡九引路已错误，行田塍上滑而不能立足，颇以为苦。迨至施宅，汗出如渖，候刘秘书长至下午三时方开席，菜丰盛，有下江真味。施素俭，此席恐费去七百元矣。以后何人敢延客？以现时状况论，予曾试二次，吃便饭如有鸡、肉、鱼三项，至少亦需四百元。穷公务每月入不敷出，最高薪水率不过七百元，如家有七以上，月非千二百元不可。当局何曾计及同仁痛苦耶。归时遇车，减省二里，到寓已昏黑矣。晚写信二件，十一时寝。今日感寒，脚又抽筋痛甚。

民国三十二年（1943年）　八月

廿八日　阴　寒甚如冬　夜仍大雨　九月廿七日　星期一

早起，教院送通知来，知今日开学，正午开会不能不去。十一时泥滑甚，着皮鞋，足趾及脚指俱痛，正午达到，便餐后开会议决数事，十月五日上课。院长亦未定是谁，只渝来电，似有人矣。四时未毕，予以着衣少，身寒，遂先退席，回寓即换棉衣。晚饭后看唐诗及杂书，十一时寝。

廿九日　雨　寒甚如冬　晚雨达旦　九月廿八日　星期二

早起，欲作一小引印在《偶忆集》之前，行文嫌平铺直叙，仅能述偶忆未忆未携来施之诗稿而已。午后写函二件，为教育学院事分告贡九、茂先、志纯三人。晚间作小引已成。十一时寝，多杂梦。

1327

九月

初一日　雨终日　寒甚　九月廿九日　星期三

早起,九时饭毕阅杂书,午后三时再阅昨夕所作小引,一一修正,欲改为弁言,然古无是称也,遂乃自述稿,乃定重誊一次。又改数十句,嫌冗长,但过简又不能述缘由之透彻,无已乃从其冗长,可以示生徒矣。十一时半寝。

初二日　晴　九月卅日　星期四

早起,九时饭毕,十一时到府买油盐。午后往图书馆借书,归时足无力,疲甚,今日请立庵看疾,谓须调补,盖气血已衰矣。晚阅唐诗,十一时寝。

民国三十二年(1943年)　九月

初三日　晴　十月一日　星期五

早起,七时半往省府开例会。十一时饭毕,取得油印诗稿并小叙。午后三时回寓,五时半饭毕。晚写信三件,十一时寝,多奇怪之梦境。

初四日　晴阴不定　十月二日　星期六

早起,午后阅杂书、看报、写信、清理室中之凌乱书籍。晚十时寝。

初五日　晴　十月三日　星期日

早起往省府、建厅、图书馆等处,午后一时半方回。闻王幼良曾来寓,予未之见也。今日带同定生往各处游玩,行路多,足力已疲矣。晚写信三件,十一时寝,多梦。

初六日　阴　十月四日　星期一

早起，十时饭毕。午前梦闲往三岔乡程明善家中去，予到教育学院去问各事，午后归时闻明善又牵马来接予往云云。晚十时寝。

初七日　晴　十月五日　星期二

早起，九时饭毕，往省府一次，午后方归，阅鄢云斋来请帖，为其子结婚也。晚写复程次松、林均中等函，因立庵示予以莲子可补，备洋百元汇来凤，请龙校长代购。晚十一时寝，梦杂可笑。

初八日　晴阴不定　十月六日　星期三

早起，八时饭毕，十时到建厅约陈肖峰，泮香已先在彼处相候，遂同往鄢云斋处道贺。彼借招待所行礼，原请予等十二时观礼，来宾男女约五十馀人。三时半乃开席，馁甚，而饭又硬，不能多食也。归后疲甚，十时寝。

初九日　阴晴不定　晚小雨　十月七日　星期四

早起命仆买菜、发信，九时饭毕阅唐诗，十二时写信二件。午后一时往曲水洞莤会，今年重九天无风雨，天气甚好，与会者新人有半数，如张春霆、饶聘卿、胡子春、徐秋麓、陈志纯、陶季贤等，馀则凤喈、贡九与予等十馀人。开会后出题，为"曲水洞登高"五字，分廿八均，予拈得"黄"字。四时半在室外开席，计四桌，酒肴甚丰。傍晚归，光阴如驶，又一年矣。去年作诗逆料今年重九可在武昌登高，乃"收复失地""驱敌出境"等名词尚未实现，可慨也。晚阅杂书、阅报、写信，至十一时寝。

初十日　早雨　午后小雨　十月八日　星期五

早起，八时饭毕，到府开例会，议案多，议论多，争利益，予厌闻之，饭后未列席。二时回寓，五时吃饭，九时补写日记后写信二件。十一时寝。

十一日　阴　十月九日　星期六

早起，九时半饭毕，补写《偶忆集》三页，幼年之作诗可默出，赋及杂文仅记一段或数句，不能书之。辛亥起义时所失者不可得矣。晚间阅唐诗、读《史记》约二小时。十一时寝，多梦且杂。

十二日　早晴　午后六时小雨不断　夜大雨　十月十日　星期日

早起，八时半饭毕，今日为双十节国庆日也。去岁对辛亥起义时情况予略有议论及慨叹语记之矣。吴寿田已死近一年，是日约予等在土桥坝民享社聚餐并祭辛亥诸烈士者，吴为发起，今墓木已拱，伤哉！十时包贡九来谈，便留饭，午后一时饭毕乃去。予于四时同迟儿往其寓，便同至省政府观平剧，演《连环套》《黄金台》二出，饰田平者为保安处股长某，唱工已有进步。第三出《四郎探母》，饰杨延辉者为长官部贾副官，饰公主者为陈洁女士，徐怨宇之妻也，唱做较去年更有进步。苦闷境中得此举以调剂之，令人霁颜。惜天雨时作，扫兴耳。九时予回寓。十时寝后梦予已回宜昌矣，或者可望收复宜昌耶？

十三日　雨竟日　寒甚　十月十一日　星期一

九时起，天气变寒。今日未能出门，写信三件，为请人写油印诗稿及询发邮局事。晚补写《偶忆集》，十一时寝。今日为先母诞辰，未致奠，心伤而已。

十四日　雨终日　寒甚　十月十二日　星期二

早起，昨、今两日寒气重如冬月，予已着棉衣矣。午后阅报，盟军似占胜利，德军已开始撤，日寇亦准备与盟军大战，尚未示弱也。晚补默诗稿又十馀首。十一时寝，多梦，似已回籍。

十五日　雨　寒　十月十三日　星期三

早起，饭后写邓实信并检字画与之，渠久索未与者也。晚作尹仲韩先生诗，渠久索相赠者也，诗不佳，仅达予意甚透。此老今年八十六岁，来函云尚能写蝇头小楷，奇哉。寒溪同事廖纯古、袁子青亦健在，已六十馀矣。范伯高年仅四十，据范心齐前月自邑来函云已作①伤哉，允生师六子尽矣。刘行之、石镜卿均年近七十方卒，甲寅、

---

① 作，疑后脱"古"字。

乙卯间寒溪同事，因并记之，十一时寝。

十六日 雨 十月十四日 星期四

早起，午后写信、写字条、画石菊，俱成。天雨数日，路滑不能出门，在寓闷闷。晚间阅《古诗源》二小时，十一时寝。

十七日 阴 晴 十月十五日 星期五

早起，八时至府开会，今日参议、顾问到者多，午餐开饭，连委员计四桌，较之迭次多八九矣。午饭后予未列席，二时回寓，晚阅杂书，十一时寝。

十八日 晴 十月十六日 星期六

早起，十一时往舒峻山寓，因今日彼约予便餐也。贡

九、予先翔凤俱至，饭后商量改文事。去年学生作文甚少，翔凤自告奋勇谓今日彼多改文，今乃求助予等代为帮改矣。午后便往凤嵋、志纯寓中一谈，四时归。晚阅杂书，十一时寝，梦多且杂，殊可笑也。

十九日　晴　晚小雨　十月十七日　星期日

早起，九时饭毕，十时带同定儿至包宅略坐谈，正午入城访葛芝岩不遇。午后四时就锦文笔店中吃饭，匡超然带来麻油一瓶，遂携之归。定儿与予今日往返行路廿二里，予足力健，小儿七龄，足力如此，可喜也，设予等居省垣及在籍行平路，亦止五六里即疲矣。山居之民不以行路翻山越岭为苦，幼时习惯，老壮安之矣。噫，天下何曾有坦途哉！晚归力疲，饭后阅杂书。十一时寝，多杂梦。

二十日　阴　晚小雨　十月十八日　星期一

早起，十时饭毕。十一时往教院，正午方到，始知学生为教室尚未挑定不上课,予遂借书数种归。晚饭后为尹仲韩作四绝句已成矣。惟三首均用"卢"字作均脚,唐人虽有此体,终嫌软弱耳。好在写尽予与尹之交谊、渊源、关系三项无遗也。十时寝,多梦。

廿一日 雨 十月十九日 星期二

早起,饭后作重九登高诗,今日新诗社成立,作诗分均者有廿八人。予作最初想作五律二首,乃不足以尽言,遂改作五古廿均,能说尽当日情况,不用对仗,似较活动矣,晚十时已成,拟明日写正付油印。十一时寝,梦杂可笑。

廿二日 雨 十月二十日 星期三

早起,九时饭毕往教院,国文新班学生初见面,上课廿馀人,与之说作诗大意,教之平仄,然有三分之一未懂者。去年文科及各班生懂平仄四声者仅四分之一,奇哉。午后至王茂先家午餐,下午五时院中聚餐四桌,李先正以代院长名义请客者也。七时归，小雨，途滑难行，幸有仆人照扶之。十时修改重九诗已毕，尹诗拟明日书之。十一时寝，多梦，奇离殊甚。

廿三日　阴　小雨　晚大雨　十月廿一日　星期四

早起写信三件，正午至建厅、省府，午后四时归。今日梦闲生期，有女客三人来寓，晚雨亦未去，酒肉面菜皆女客带来者也。十一时寝。

廿四日　雨　十月廿二日　星期五

早起，早点后到省府开会，予未久坐，且坐亦不耐，彼等所说何事予未听入。总之一切空话，无诚意者也。午后小睡，四时刘千俊请予代作贺朱代杰之母七十寿文。朱自寄事略来，然太略矣。五时回寓，晚阅唐诗，并选摘《古诗源》，为教学生之用。十时寝，梦乘船经一石洞中出，人坐船中，洞口刚与人额齐，出后晤及朱次诚，已忘其死矣。噫，次诚竟以贫困，廿七年秋卒于冶鄂交界乡间，其妻连文珏女士带幼子竟改嫁，就食于人，殊可怜也。醒时记多危险事，今日补书，忘其太半。

廿五日　雨　午后阴　十月廿三日　星期六

早起，饭后写伊仲韩诗条已成矣。纸刚能写满，诗字有限，但注事过多，不注观者无以明究竟也。午后身体疲倦甚，小睡一时许。晚阅古文数篇，十一时寝，梦境奇离。

廿六日　雨　十月廿四日　星期日

早起，今日雨未能出门，午后陈庆复来，留便饭去。晚阅唐诗、写信约三小时乃止。十一时寝，多杂梦。

廿七日　雨　十月廿五日　星期一

早起清理各事，饭后看报。十一时半往教院理化科授课，学生廿馀名，文科学生四十馀名，归时已天黑矣。馁甚，食不能安。足疲，饿已过时，是以不能食也。晚九时阅诗、写信，至十一时寝，多奇离不可思议之梦境。

廿八日　雨　阴　晚小雨　十月廿六日　星期二

早起，饭后写信三件，将题赠尹仲韩诗送陈寿梅转交鄂城，近六年未与尹通函，不知情形，亦不便作函也。晚间看杂书，均有益，惜不能记忆也。十一时寝，梦回鄂城矣。见二叔相臣尚康健，予乘小舟至岸径造其家与面谈。二叔如尚存，亦近八十岁矣。又似至一机关，遇喻育之，与谈甚久，彼亦穷困。今年精神差，梦幻多奇怪情形，不能记忆详，此血气衰象耳。

廿九日　晴　十月廿七日　星期三

早起，饭后已八时半，到院上课，路滑极难行，三时许始到。授文科练习审四声、平仄、等均，分九音歌等等。学生均高中师范毕业,能懂平仄者仅六分之一耳。文科须作诗尚如此,其他各科可知也。讲时吃力,正午毕,与包贡九同回至其寓吃饭。下午至省府借书及应付各事,三时归。晚饭后小睡,旋起阅唐诗编课程,至十一时寝,梦予已回鄂城,似新租住宅在人家中一重,来客多,房间什物堆积凌乱,同居约数十男女,嘈杂万分,又似与东门旧宅相隔里许者。

三十日　晴热　十月廿八日　星期四

早起,饭后写信三件与迟生,为刘有国之子考中学事也。午后半时有警报,不久即解除。今日嘱内子染旧中山服,并送呢服与张定波处,请代翻之应用,现时物价一呢制服可值洋一千馀元,较之去年又涨一倍矣。战事不结束,物价终无底止之日也。晚写信、阅杂书,十一时寝。

十月

初一日　晴　大雾早寒　十月廿九日　星期五

早起至省府开例会,无多重要事。午后二时回寓,阅杂书,补九日登①诗已成矣。又改数字,去二均,以廿均为好。晚十一时寝。

初二日　晴　早雾　十月卅日　星期六

早起整理室中各事,饭后外出至省府借书。三时至陶季贤寓吃饭,彼预约者也。同席方白、贡九、重威、杰吾、校文诸人,酒肴精美。五时席散,到省府前坪听戏。

---

① 登,登后应有脱字。

本府今日欢送参议员，请筵后继之以乐，似隆重矣。候至九时方开场，第一出《问樵闹府》，未演打棍出箱；第二出《四杰村》，各演武剧颇吃力，亦见精采；第三出《汾河湾》，唱做均可。九时半歇锣，程仆来接予，遂与梦闲及定儿回寓。因原拟在府中宿，晚归甚便也。十时到寓，饭后乃寝。

初三日　晴燥　十月卅一日　星期日

早起，饭后至图书馆借书，便在贡九寓一谈，闻敌人对鄂中有攻势，我方军队亦多，但不知确能战否。晚阅杂书，十时半寝。

初四日　晴　十一月一日　星期一

早起，饭后清理各事，写信与孟广澋、邓实。午后外出一次。晚阅杂书，写重九登高诗已成矣，不再加修改，惟题目照东坡分均诗又加十馀字耳。十一时寝后多杂梦。

初五日　晴热　十一月二日　星期二

早起，饭后补写各件，午后二时至土桥坝民享食堂请石砥臣同学看病，彼立一方嘱服之。三时聚餐，系教院文科学生全体请予与峻山、予先翔凤及新来教授朱守一。四川人，川大毕业未久，此次张厅长请其来授国文科者也。五菜一汤，总算丰盛者，闻明日每席涨价为一百一十元。记去年双十节该社开张时，预与樱丞、云斋、寿田等来此聚餐，较此甚丰，且有鸡鱼，每席价四十四元，以后物价当涨至如何程度耶。六时归，十一时寝。

初六日　阴　十一月三日　星期三

早起，正午到教院，途中到县志馆与凤喈、志纯谈一时许。二时在院讲诗体、诗法、作法等事。五时回寓，晚阅借回各书，仅浏览，心中未存留也。昔时藏书不多，能看能记。予四十以后以薪资所馀专购书，平时所爱者悉购而藏之。能看矣，惜不能全记，仅得十之一二而已。抗战后书已散失。去、今两年在施借书，有从前所未见者，阅时尚领略大意，关书以后即便忘之。人身脑力只有四十以前读书方有用，古人专经者也许五十以后犹有进步，治善通学者恐未能也。倦眼不开，十一时半乃寝。

初七日　阴　晚十时雨数阵　十一月四日　星期四

早起，正午至教院，途中在凤喈寓略谈。二时在院文科、理化科分讲诗与国文，五时毕。归后足疲，饭后洗脚遂睡去。醒时补写日记，十一时半寝。

初八日　阴　晚小雨　十一月五日　星期五

早起，疲倦甚，饭后往省府开会，已八时四十分矣。足疲甚，今日讨论案不多，然争执久，午后一时半方散。二时半归，五时晚饭毕，写信二件。晚十一时寝。

初九日　阴　小雨时作　十一月六日　星期六

八时半起，饭后清理桌上柮内诸物，架上凌乱书籍一一整理之，费二小时之力，为之头晕痛甚。午后三时小睡一次，晚阅杂书，十一时寝。

初十日　阴　十一月七日　星期日

早起，饭后至士桥坝，午后三时归，晚阅杂书。今日报载敌人已到松滋刘家场矣。鄂中吃紧，本年七月鄂西吃紧后须得安已陷未陷者，损失不小，想渝方必有妙策却此一路敌人也。十一时寝，多梦，又似回籍，极奇离，见日色白，睁眼可望之，似下午五时状。又见考试人多，孟夫人云已考在五名，余则未交卷。

十一日　阴　十一月八日　星期一

早起,午后到省府买物,便至各处坐谈。至建厅与肖峰谈片刻去。晚阅杂书,阅报,战事甚紧。十时半寝。

十二日　阴　十一月九日　星期二

早起,饭后写信,午后送发并汇六十元与龙智仙了理前账。午后三时归,晚阅书改诗,十一时寝,多奇梦。

十三日　阴　晚晴　十一月十日　星期三

早起,饭毕至教院授课,途遇刘子夔,云自城内来,有情报。余上课二小时,音乐科初次上堂者也。午后就教院午餐。下午半时有我机五架自渝来,已停机场。二时上文科课,仅讲一刻钟,学生云有警报,旋警号声作,予匆匆下堂回寓，过洗爵溪时在凤喈处略停止，飞机十二架在上空环飞，不辨其为我机敌机也。四时回寓，晚阅杂书，十一时寝。

十四日　阴　晚见月色　十一月十一日　星期四

早起，饭毕清理各事。午正至院授课，午后五时半归，途行吃力，天已昏黑矣。饭后未作事，晚阅杂书，十一时寝，多怪梦。

十五日　晴　晚有月　十一月十二日　星期五

早起，饭后写信二件。今日怄气事多，自恨平时对于儿子无严厉教育，任其放荡至此。晚寝不安，今日有警报，似敌机已来袭者，颇紧张。

十六日　阴　寒　十一月十二日　星期六

九时半起，十一时饭毕，往县志馆坐谈二时许，至省府取议案，因昨午后一时开会予未往也，四时半归。到寓已天黑，天气渐寒，已届冬象，设在武汉，此时恐已下雪矣。晚改定九日曲水洞诗稿，细数有二十一均，仍将上次圈去一均补书之。十二时半寝。

十七日　阴　十一月十四日　星期日

九时起，饭后阅杂书，午后欲外出，以身疲中止。晚阅《唐诗鼓吹》，钱牧斋选本，自为一序，谓系元遗山所定者也。十一时寝，多梦。

十八日　阴　寒　晚六时转晴　十一月十五　星期一

早起,饭后至包寓坐谈。正午进城,出南门至温家湾访王伯彦,盖已数月未至其寓,行二小时乃至,与其母及其侄见面问各事。三时入城访葛芝岩谈半小时,芝岩送予至大桥乃返,随走随谈往事也。到土桥坝已昏黑,至包寓候向仆未至,就包宅晚饭。八时与向仆同回寓,十二时寝。

十九日　终日小雨　十一月十六日　星期二

九时起,饭后抄讲义,备明日上课用。晚乃抄诗及杂件,欲整理昨夜所作寿序,竟不能也。十时半寝。

二十日 阴 寒 雨终日 闻高山已下雪 十一月十七日 星期三

早起，饭后往教院授课，午后亦有课，行路滑甚，颇吃力，晚五时归。今日闻舒峻山云，我国飞机一架自渝来施，至砂子地高山被撞，焚死机师数人云云。噫，此中有西人否？飞行人才训练极难，机价虽贵，有款可购，奈何不慎如此耶。晚阅唐诗并准备明日课程。十一时寝，梦多且杂。

廿一日 阴 寒甚 有隆冬气象 十一月十八日 星期四

九时起，十时饭毕，十一时到院授课。途经县志馆与凤喈、志纯谈，便买得饭碗二仝，去价廿六元，忆廿九年到施，此物每仝仅六角馀也。午后一时往院授诗及国文，五时回寓。闻陈仆云，十九日飞机失事，先抛炸弹四枚，旋机上升遂毁,死十二人中,有二女子,奇矣。予今日途遇抬机中焚死尸二具,先有二具从教院门前过矣。晚饭后阅《唐诗鼓吹》十页。十一时寝,梦魇一次,旋又梦回籍矣。忽呼姊丈艾少卿,又遇涂小书、王久旃,纷更各事,又见二叔相臣,又哭先母,涕泪如雨,正伤心时乃醒。今年睡后梦多,几于无睡不梦,神经衰弱于兹可见矣。

廿二日　阴　寒甚　十一月十九日　星期五

八时半起,九时半到府例会。今日顾问、参议到者多,盖欲闻军事消息也。予以迟到无坐位,乃办各事,买米、问油印、借书等等。询之刘慕曾,知十九日在砂子地失事飞机乃五个发动机者,坐十四人,内有自美国学成回渝、此次来施任职者均焚死,此真重大损失矣。石门战况不佳,常德、慈利均吃紧,敌人何以如此凶猛冲杀?我军何以如此无用?细思之,器械优劣固有不同,然其实不能真舍命与敌人拼命也。每次失败,高级将官均先逃命,安能责之无训练、无爱国心、乌合之新兵耶。可慨哉!午饭后至土桥坝买物,在邮局便坐谈一小时半归。晚阅杂书,十二时方寝。

廿三日　霜　大雾　寒甚　十一月二十日　星期六

八时起,葛芝岩来谈甚久,留便饭去。今午有我机来停飞机场,此间连日办差,谓有重要军事会议也。石门、常德均吃紧。噫,敌人何以如此凶恶?吾军又何以不能抗敌耶?晚阅杂书,十二时寝,多梦。云有警报。

廿四日　雾　晴　寒甚　十一月廿一日　星期日

六时闻我机已起飞矣,似有警报,七时空际机声大作,予遂起视,知发警报已多时,见空中飞机十馀架,疑我机也,未几枪声作,投弹声三四次,九时窦衡之归,谓我机有二架坠落秘书处及粮政局后面云云。饭后至省府探听,途遇梅先霖,知飞机场被炸处甚多,城内并未投弹。又遇熊惠泉、张国魂细问各事,遂至张寓祥谈。二时回寓,贡九已在寓述今晨敌机亦被击落三架,云仅天桥一架可证实。然今日我机仅八架往应付敌之廿七架，似颇勇敢也。五时送贡九回去。晚得云海霞函，并汇洋四百元与予作炭金。军队就事有馀资，予设非兼教院授课获劳工之资，寓中七人束腹挨饿矣。省府待遇薄，何以支持各职员生活耶。彼唱高调之委员等曾不虑及各职员生活矣。阅唐诗，颇佩王右丞五七绝律，可为唐代正宗，集诗之大成者，较之李杜何多让耶。十一时寝，多奇怪之梦，真所谓幻，真所谓意想不到者也。

廿五日　晴　十一月廿二日　星期一

早起清理各事，饭后写信二件。午后二时半往省府，三时半至府门遇警报，随众人入洞避之，十分钟即解除。取得陈季明函并任岱青寄来白木耳一包，约二两，云系其家藏，不取代价云云。任尚念旧同学之谊，若聂守经则做作多且无诚信之同学也。便取兑海霞汇款归。晚阅杂书，十一时寝，梦孟夫人于予未回家时已乘汽车往新疆与俄交界地，车站之司票告知予者，谓今日可行五百华里，明日尚须续行一日。又见天空中有木牌坊一架，挂一粉牌，未书何字，在云中缥渺见之，清楚而活动，奇哉！孟夫人今年屡示梦，然予迭接洪英函，云其坟墓尚安。伤心哉，夫人殁已十年矣，尚不忘情而示梦，何耶？

廿六日　晴　早大雾　十一月廿三日　星期二

九时起，饭后虑有警报未敢出门。午后三时我机十馀架盘旋空中甚久，最后西方来一大飞机，降落后未几即回川矣。晚间闻戒严，十时阅书，倦遂寝，多奇梦不可纪。

廿七日　雾　晴　十一月廿四日　星期三

七时起，八时半饭①至教院上课，途遇省行同乡，云常德、桃源俱失。昨日我机炸慈利，与敌机遇，未胜利，战事不可乐观云云。至院授课，未终局即下堂，正午归，饭后小睡，午后三时起。今日在院得胡文卿函并汇款，未

---

① "饭"后疑有脱字。

带私章，不能往兑。晚写范瀛槎函，因向仆明晨回利川，便付洋五百元嘱其买各物。十二时寝。

廿八日　阴　十一月廿五日　星期四

早起，饭后往省府一次，午后向土桥坝局兑海霞汇款。今日闻湘战未转好，但石门、常德尚在吃紧中，未失也。晚归，饭后阅杂书，十一时寝。

廿九日　晴　寒　十一月廿六日　星期五

早起，八时半至省府例会，闻今日石门、慈利已收复，然常德尚在吃紧中，守军不多，恐难持久，惟此间要人云不得失，即失矣亦有攻取夺回办法，姑妄听之而已。十一时半饭毕与蒋、谭诸人闲谈，忽闻有情报，敌机已过资邱西上矣，遂匆匆回寓，衣已汗湿，洗抹换衣。晚阅杂书，十一时寝，多奇离之梦。

十一月

初一日　阴寒　小雨数次　十一月廿七　星期六

八时半起，鲁伏生来寓谈一时许，鹤峰情形彼已知之。此时作县长，在彼所谓有志竟成，然予为其着急也。教院送函来谓今午茶话，予于正午到省府办理各事，向邮局兑取文卿寄款。三时至教院茶会，予到迟，新来教员中仅与米、张二君谈数语。晚间有戏，虑下雨不能归，遂先行，到寓已昏黑。晚饭后阅唐诗。十一时寝，多梦。

初二日　阴雨　寒甚　十一月廿八日　星期日

八时半曾秀中来请予书小条，送某人结婚者，九时半去。闻邓君健、王渔青、王继武先后来云，今日报载常德正在巷战中,大约昨日竟失守矣。倭人可恨,然我军不能战,连年失要塞、重要城镇,亦可恨也。晚阅杂书,十时寝。

初三日　阴　寒　十一月廿九日　星期一

早起,饭后至省府,送诗稿请刘召南写付油印。午后四时回寓,晚①后读唐诗约卅首,温习而已。常德战事吃紧,可为隐忧。闻敌人施放毒气,我军死者不少云云。十一时寝。

初四日　阴　十一月卅日　星期二

早起,饭后写信四件,复胡文卿、云海霞等。晚补写讲义,改学生诗十馀首,十一时寝。

---

① "晚"后疑脱"饭"字。

民国三十二年（1943年）　十一月

初五日　阴　十二月一日　星期三

早起，饭毕往教院授课，正午就院午餐，午后又上课，四时半回寓。晚饭后写信三件，十一时寝。

初六日　阴　午后大雨　十二月二日　星期四

早起，饭毕往省府取薪水，十一时往县志馆与志纯、凤喈、贡九谈甚久。一时半至院授课，途中大雨，鞋袜沁湿，勉强授课二小时。下堂后陈仆送皮鞋来，着之归，又送伞还志纯，今日总算吃苦矣。回寓以生姜浸水中洗足心，惧湿气也。阅报，今日常德已支持数日，尚未全失云云。十一时寝。

初七日　阴　寒甚　晚晴　十二月三日　星期五

早起，饭后至省府例会，到迟矣，予遂不列席。阅报，知常德事仍如昨状。十一时半遂往姜文山寓，因渠约今日酒叙也。同席者姜育丹、陈邦焘、陈豫生、贡九、鲁圣辅、黄□。酒好肴丰，午后二时散席回寓。十一时寝。

初八日　阴　晴　十二月四日　星期六

早起天气已晴，饭后到城，因梅先霖今日结婚，请予与林县长证婚也。午后一时到民享社，宾客甚多，林县长训话未毕警报大作，予遂匆匆跑入防空洞中，市民先见情报已逃避矣。予出门时紧急警报鸣矣，幸洞不远，约十五分钟即解除，再回民享社。饭毕，四时途遇许伯蘧，请其开方捡药毕，在十字街候汽车至土桥坝，下车时遇王晓耕，云石衡青在渝病故云云。回时天已昏黑矣，晚饭后服药。十一时寝，多梦。

民国三十二年(1943年)　十一月

初九日　阴　寒甚　十二月五日　星期日

八时半起,倦甚。朱源滔来谈半时去。饭后欲外出,以足软未能,且因昨日服药,在寓休息为好。午后二时陈庆复来谈,三时陈国杞、刘九经、李晓波同来,留便饭去,已六时矣。晚未作事,十时寝。

初十日　晴　寒甚　晚有月色　十二月六日　星期一

早起,饭后往省府一次,下午回寓,写信二件。晚阅唐诗,改学生所作诗,十一时寝。

十一日　晴　早雾　寒　月光大佳　十二月七日　星期二

早起,饭后往县志馆、省府、省银行一次。今日购得白糖,每斤价五十元,如以公务员折去买,须七十五元一斤。便访沈碧舫一谈,午后回寓,饭后作寿序,代省府各委员贺朱代杰之母也,代杰开来事略太略,措词颇难用矣。挚甫曾涤生作序法,发议论、增浮词而已。草草就绪,已晚间十一时矣。就寝后不复记忆,实未存此文于脑海中也。

十二日 晴 寒甚 晚月明如水 十二月八日 星期三

早起至院上课,途遇王茂先,与之语偶失检,论人长短,人已闻矣,以后切戒之。今上①上午音乐班学生月考,下午考国文科学生月考。午后过胡凤喈处坐谈一时许,回寓足力微,身疲甚。晚饭后代省府作石衡青挽联,已成二幅,未稳遂寝,夜将半矣。

十三日 晴 寒甚 月明如昼 十二月九日 星期四

早起,十时到院,便过县志馆,林县长、邓廉汉、徐

---

① "上",疑应为"日"。

鄂云俱在馆开会，为恩施县志事，便留予共餐。下午一时至院考理化科学生月考，傍晚归。饭后补作寿序，已加润色，猝观似近古文桐城派欤？阳湖派欤？殊堪自哂也。大抵作文，一须心境恬然，二须明窗净几，三须参考书多，乃有佳构，非然者仅貌似古文而已。代人作文名非己出，且必经长官改窜，如去秋广东黄琪翔外祖母百岁寿序，被某长改得讲不去，竟至非驴非马。噫！一知半解之人何至妄动笔以涂窜作者文字，殆所谓点金成铁欤？为之太息而已。十一时文已成，遂寝。

十四日　晴　寒　霜重　月佳①大佳　十二月十日　星期五

早起，饭毕至省府开会，途行大雾中，地上霜厚及寸，寒甚，鼻中气集须上，点点成珠矣。到府尚早，未几开会，报告案多，十一时半暂散吃饭，午后再开。予遂归，未列席也。途遇警报甚急，匆匆上山路到寓。饭后小

---

① "佳"，应为"色"。

睡一时许,晚间将昨夕所为文改定重誊,细阅之尚可,明日当交卷,听其付何人改定,予则留原稿观进步也。十一时寝。

十五日　晴　寒甚　月明如昼　十二月十一日　星期六

八时起,饭后整理文稿,写石衡青挽联稿。午后惧警报之来,未往省府。晚写致龙汇东、王一鸥信,为李世清事也。十二时半寝。

十六日　晴　寒　月色大佳　十二月十二日　星期日

早起送寿序稿至省府,便与刘慕曾谈片刻出。午后回寓,晚阅学生试卷至十二时寝。连夕杂梦,奇离可笑。

民国三十二年（1943年） 十一月

十七日　晴　寒　月色佳　十二月十三日　星期一

早起，午后至府一次，至土桥坝购零物。晚阅唐诗并抄写十馀首，俾作授课之用。十一时寝。

十八日　阴晴不定　月色佳　十二月十四日　星期二

九时起，饭后至教院，闻朱守一云有空房可供，便看一过，托其清理之，便至县志馆一谈。午后四时往省府，因刘秘书长请客，同席者长官部徐副处长、山东人。张参议，贵阳人。馀为省府曾、饶、蒋三参议，李子瑾、朱鼎等，酒肴俱丰。七时半散席，八时半归，阅杂文至十一时寝。

十九日　晴　寒　大霜　十二月十五日　星期三

早起，饭毕至教院授课，十一时半下堂，至于莹征家午餐,隔日所约者也,与长官部交际股长张纶中号子杰者同席。张,霍邱人。下午半时饭毕,匆匆回院授课。晚归写信一件,向叶宗明购橘子也。十二时寝。

二十日　阴　十二月十六日　星期四

早起,饭后清理各事,十一时往院,便过凤喈处一谈,到院复与卢、朱等谈各事。理化学生今日出门参观,可不授课,便与贡九同往陈豫生寓谈各事。四时到省府聚餐,陈右军、叶锺裕所公请也,酒肴均佳,前半以客多菜出过迟不够吃,后半则菜多出而不能食矣。同席者俱省府同仁,坐十五人于一桌,未免多矣。六时散,七时回寓,读方灵皋文并抄一篇为学生课程。十一时半寝。

廿一日　阴寒　十二月十七日　星期五

早起,八时至省府开会,途遇朱怀冰,说了一些不相干之语。开会讨论一关于十二月年关各厅处大小职员一律加三百元作赏赐。噫！今年百元仅抵去岁二十元耳。正午饭毕续开会，予未出席，遂归。晚饭后写信二件，十一时寝。

廿二日　阴寒　十二月十八　星期六

早起，饭后写信一件，清理杂文，为张难先补写辛亥武昌起义断稿。十二时半陈右军、叶锺裕送橘子二櫓来，谓为叶锺鸣所赠者也。午后未作事。晚仍写辛亥断稿，带作带写，不过记其大略而已。至十二时寝，多梦。

廿三日　阴寒　十二月十九日　星期日

早起，午后至土桥坝一次，购零物，归后小憩。晚饭后仍写断稿，至十一时寝。

廿四日　阴　十二月二十日　星期一

早起,九时至医学院与叶院长叔良遇,并同刘教员,川人,新到院者。与同至省立医院访汤女医生取牙一枚。此牙系夹生,痛活动已半年矣。食物碍事,久欲取去者。十二时与杨光第同出,便至其寓午餐,下午一时回寓。晚仍写辛亥稿,十二时寝。

廿五日　阴寒　十二月廿一日　星期二

早起,饭后至省府,午后回寓。闻报,战事我军似已将常德之敌赶走矣。晚为学生改诗,颇费力,未有根柢之学生初学为诗,正不知如何下手。此真朱子所谓"教初学如扶醉人,扶得东来西又倒"者也。欲就其意,则意杂无一定见;欲不就,以后彼等视作诗为畏途,尚何有进步之可言哉!倦眼难睁,改至十一时半乃寝,多梦。

廿六日　阴寒　晚似晴　十二月廿二日　星期三

早起至教院授课,午饭就馆中食。午后又授课二次,傍晚归,饭毕仍为学生改文,音乐科学生程度低,颇费力。十时复各处函,写六件。至十二时寝,梦多且杂,不可思议之奇离者更多。

廿七日　阴雨　寒甚　晚下雪子一秒时　十二月廿三日　星期四

八时半起,今日天寒路滑未去上课。晚为学生改诗,至十一时半寝。

廿八日　阴雨　午后下雪子一次　晚见星光　十二月廿四日　星期五

早起,饭后写复各处函五件,积而未复者也。晚阅清代诗并抄选数首为学生示范。十一时寝。

廿九日　雨　寒甚　十二月廿五日　星期六

八时半起,饭后改学生所作诗文,午后写信二件。晚仍改文,至十一时半寝。

三十日　阴寒　十二月廿六日　星期日

九时起,饭后写信复孟、邓诸人,午后清理室中案上诸事。晚读唐宋古文数篇。十一时寝,多梦,似已回武昌情形。

十二月

初一日　阴晴不定　十二月廿七日　星期一

早起，饭后往省府、建厅、教院，并与沈达明谈以资历送部事，午后归。晚间为学生改诗，颇力①，头为晕矣。十一时半乃寝，梦回武昌矣。某公馆已迁粮道街，电灯辉煌，迎予与先母至其后重左侧，予观其见客势焰如从前，且谓有武穴、蕲春二县君欲为之长欤。急遽无以应之，遂醒。奇哉，幻哉！今年杂梦每有不可思议者，此殆与廿三年间某夕梦余身如飞机，欲往何处一冲即行者也。

---

①　力，疑应为"费力"。

初二日　晴阴不定　寒甚　十二月廿八日　星期二

早起，饭后为学生改文，午后清理书籍俾还图书馆者。晚间仍改文，至十一时寝。

初三日　阴　下午转晴　寒　晚雨　十二月廿九日　星期三

早起，至教院授课，并将所改文带去给学生。午后国文科有课，晚归已黄昏矣。饭后又为学生改文，十二时寝，多怪梦。

初四日　雨寒　十二月卅日　星期四

九时起，饭后清理书籍，正午至院授课，在县志馆便约贡九、志纯同行。路滑如油，到院即上课，讲解吃力。

四时半回寓，晚饭后写复各处函，至十一时寝。

初五日　阴　小雨　寒甚　十二月卅一日　星期五

早起，八时半往省府例会也。今日朱厅长以主席名义请客，似不能托词不去。到时即开会。正午开饭，有鱼一碗，其价大约每个八十元上下，然重不及一斤。共五席，并有外客。午后二时方散会，朱厅长又约予至民厅会餐。彼请厅中职员约八九桌，予与陈豫生、林县长、陈次宗为外客，四时半散席，予回寓已上灯，此国历除日也。国体变更卅二年矣。施南各衙署林立，商民增集于此地者，人口加百倍以上，国历仍不为民间重视者，何也？岂真积习不能改欤？孔子在周末有"行夏之时"之语，可以知其故矣。晚寒甚，写信二件。今晨梦闲同定生往乡间购物，老陈同去，三数日即回云。十二时寝，梦杂。

初六日　阴　寒甚　下雪子一次　对门高山有积雪　三十三年一月一日　元旦　星期六

九时起，十一时早饭。今日新元旦，小雨时作，未能出外，教院学生演剧，未能往也。清理书籍，阅明宋景濂文集，晚早寝，展转难成寐。

初七日　阴　寒甚　元月二日　星期日

九时起，十时饭毕欲外出，张金光之妻来述各事，已写一函介绍去见包贡九详陈过去，因此案系贡九专阅也。正午陈挽澜、陈庆复先后来谈甚久去，谓长官部已归孙连仲真除矣，省府亦有改组消息云云。晚间编《辛亥起义史稿》，张难先先生久索未应，此旬内必成之，践前诺也。

民国三十二年（1943年）　十二月

初八日　阴　寒甚　元月三日　星期一

九时起，饭后往省府一次。晚归改学生诗文，真费力，脑为之痛。学生皆高中毕业者，吾不知其在初中三年、高中三年时国文先生教之读何书耳。白话文亦费解，一句分作六七句说，一句有长至廿一字者，怪哉。将来谬种相传，真所谓"误尽天下苍生"者。抗战以来之初中、高中教员多民国初年出生者，彼自未读四书五经，纵有所得，不过教科书择选之古文而已。以之教无根柢之学生，而学生又以连年生活不安定，有自战区、沦陷区来者，纵有所得，亦因转徙而字句已忘，致演成现状，如此可哀也。白话文动辄写一二千字，将欲留之，刺人双目，将欲勒之，则无从下手，此真处窘境矣。十二时眼昏欲睡，遂置之。

初九日　阴　寒甚　晚雨　元月四日　星期二

早起,饭后至省府便晋城,遇刘振华,托其买鱼。访刘九经未遇。天就晚,不敢在城中久恋,盖借宿又累他人也。搭汽车归寓,已天黑矣。饭后又改学生试卷,十一时半寝。

初十日　雨　寒甚　元月五日　星期三

十时起,昨似受寒颇重,身体酸痛、怯冷,类重伤风,今日教院未能去上课,闻学生元旦演戏后须休息几日,上课亦必不齐也。晚间身更不适,咳嗽大作,今日饮食已减。十时寝。

民国三十二年（1943年）　十二月

十一日　阴寒　晚雨　元月六日　星期四

九时起，疾稍好，食稀饭二碗，午后仍吃稀饭。晚为学生改文，今年教三班学生共一百四十馀卷，见之头痛，但又不能不改也。十一时寝，多杂梦至不可思议，真现代学生文字也。

十二日　雨　寒甚　元月七日　星期五

早起，饭毕往省府开会，未抵府门雨骤至，予未持伞，匆匆到监印室休息。九时开会，议案为各职员加薪，自元月起与中央派在驻施各机关同一待遇，旧历年关并可重薪两月，一为中央款，一为省款，补助已照此办理矣。今腊政府如不加薪，各员必有呈请呼救者也。午后四时回寓，晚间补作《辛亥革命史稿》。十二时寝，多杂梦，极奇离。

十三日　阴寒　晚见月光　似已转晴　元月八日　星期六

早起，十时正饭间舒峻山来谈，便留之饭，谈至下午一时去。二时至省行小学引定儿出，与同至省府取信件，便至土桥坝买物，四时归。饭后写信二件，为学生改文，十二时方寝。梦予已回鄂城，与孟夫人避某大宅中，敌人在前重放火，予与夫人匆匆出侧门，未与敌遇也。噫！回家时尚有敌人，国事尚堪闻哉。醒后自喜，以其梦也。

十四日　阴寒　沉霾不开　元月九日　星期日

早嘱郭役至府买米油等物，饭后张金光之妻又来探问，予以贡九所说办法告之去。午后为郭德瑞、张绍光写画小条各二张，兴致少，以二科于、冯两人所托，不能不应付也。二小时乃毕。晚补写日记，十一时半寝。

民国三十二年(1943年)　十二月

十五日　阴寒　元月十日　星期一

早起,连夕咳嗽,颇吃亏,予畏药,亦不服药也。午后外出一次,晚为学生改诗文,至十二时寝,多奇梦。

十六日　阴寒　小雨　元月十一日　星期二

早起,饭后仍改文,至午后四时乃已。今年上季国文及词好改,且人数少,不料下季新班程度如此之低也。晚阅杂书,至十一时寝。

十七日　阴寒欲雨　晚小雨　元月十二日　星期三

早起,饭毕匆匆往院,足力不健,咳嗽未愈,腰痛甚,上课二堂讲解,极吃亏。下午在国文科发试卷又为之讲诗,亦吃亏万分,归时脚软腰痛,吃饭甚少,气促已吃不进矣。老境侵寻，奈之何哉。晚阅杂书，连日足疾亦未愈，今年省府为各职员均加薪甚多，年关逼近，七事之忧可减轻矣。十二时寝。

十八日　阴寒欲雨状　晚小雨　元月十三日　星期四

九时起，饭后往省府，得胡文卿寄款，知彼已就分乡稽征所主任矣。因缘时会者，公务员缺乏，勤务升科员、股长者施南各机关比比皆是也。文人改业或小商人能吃苦，今日均成巨富矣。龙惠东近三年做生意，据陈季明来函，已存款卅馀万。然在重庆做生意者动辄千万，施南店子坪小商人至少亦十万，皆本府工役、勤务改业者也。伤心受苦只有公务员，而在上者尚想出种种抑制之法，使其不能兼营他业，致不能安于职位，均弃职他往，以故公务员程度愈低，资格愈浅，此予勤务、工役升科员之机会也。下午在院理化科讲文，甚吃亏，又至国文科讲诗，五时回寓，足已疲乏万分，吃饭亦少。晚阅杂书，十一时寝。

民国三十二年（1943年）　十二月

十九日　雨　寒甚　夜雨达旦　元月十四日　星期五

早起食面饺四枚，饮汤半盂，匆匆往省府开会。午后二时未散，予遂离席往邮局取胡文卿汇款，便至包宅取糍粑二块归。晚阅杂书，十一时寝。

二十日　雨终日　寒甚　元月十五日　星期六

十时宋趾仁来，予尚未起，彼请客者也。十一时半予乃起，昨夕咳嗽未止，两大腿又发湿症，奇痒不可耐。午后阅杂书。晚欲续写《历变记》，以倦而止。今日雨未停点，计自上月二十日起，阴者七日，自廿七日起大小雨，未晴一日，截至今日止，已廿七天未见阳光也。此地卑湿，较福建尤难过，真令人生厌。无怪此地下愚者浅陋，上焉者亦少出群人材也。地域限人如此哉。十一时寝，上床后以湿症奇痒，始则大腿，继则胸背、两膀，手不停抓，展转不安，不能成寐。转钟以后似闻雷声，虽细微，以理度之，予断定其为雪也。近两年身体渐衰，幸耳聪犹昔，至于眼力，则芝麻状之小字予犹能写能读也。回思先君未五十岁即戴加光眼镜阅书写字者，予则聪明已过矣。鸡鸣时乃朦朦睡去，约一小时又醒。

廿一日　雪　阴寒风紧　元月十六日　星期日

七时欲起，闻田中有积雨，且天寒甚，遂又睡去，再起视时计已十时半矣。今日蒋立庵约往省府吃饭，似不能去，且咳嗽稍好，再伤风感冒，身体难受矣。宁负立庵，不能贪口腹之欲也。饭后补写《历变记》三则，眼倦欲睡，遂寝。上床后又展转不寐，转钟以后又闻雨声。转钟二时已睡去，梦杂甚。先梦先君居一室，有侍者数人，先君似安适。继又梦先母康健如昔年。噫，光阴弹指，又一年矣！抗战胜利之期月月畅言，何时可实现乎？老来思骨肉，况予携眷客中，先人坟墓六年未祭矣，思之泫然。

民国三十二年（1943年）　十二月

廿二日　雨　寒甚　元月十七日　星期一

十一时起，头晕甚。饭后阅杂书，命仆取省府信及报纸，邓实、孟广瀛均来信。阅报，不载藕、石等战事五日矣，大约敌人据点不得退出，我军亦无夺回能力，今年五月初所谓湘北大捷者，敌退后我未进，致弥陀寺闸口藕池任敌盘据，如船在江边，跳板搭上岸未启然。无怪此次敌攻常德，得以先陷南公、石门等七八县也。不努力作战，报纸纯事鼓吹，有何益哉！晚写信三件，分致邓实、柳惎等。十一时半寝。

廿三日　雨　寒甚　元月十八日　星期二

十时半起，连夕饮酒欲助安睡，其实未能睡也。上床后湿症奇痒，搔一小时乃止。因不寐而枕上默缀诗句，亦有得意句，欧阳公所谓"三上得句"者，未提及床上耳。饭后陈仆、向仆自三岔乡挑柴归，云该地已大雪三日矣。

行至一邱田距此十五里乃不见雪,可见施城附近温暖也。平地、高山气候不同如此。省府取回报纸阅看,未载湖南及藕池战况一字,可见该地据点敌人未退,我军未进攻,大约亦无进攻能力耳。午后将昨夕所记诗补成,有佳句三四联,晚九时已成三首,明日再改定之。十一时寝。

廿四日　阴　寒甚　午后雨一次　元月十九日　星期三

七时起,因今晨须往考学生,匆匆早点出门,路滑泥深,寒气砭人难受。到院后已逾时刻,因系在大礼堂,有人监考,且题已早出矣。十一时归,便至凤嗒先生处略谈。正午回寓,足疲甚,饭亦未吃饱,已伤气力,食难进也。阅报,不载公、石等县战事,敌人过年,我军无进攻力,或借年来休息耳。但不可如去年监利之玩灯,引敌再入,贻无穷之祸。前方川军殊无明大义者。噫!覆辙在前,可惧哉。十一时写诗毕,遂寝。

廿五日　阴寒　元月二十日　星期四

早起，饭后往省府，午时往教院考试国文科学生。十一时半至陈豫生寓中谈甚久，就其家午餐，午后三时回寓。晚清理各事，十一时寝。

廿六日　阴寒　一月廿一日　星期五

早起至省府开会，无要紧议，无眷属公务员加为四百元半贷金矣。午后二时回寓，晚饭后写信二件，阅杂书至十一时寝。

廿七日　阴　午后小雨一阵　旋见太阳约十分钟　一月廿二日　星期六

早起，饭后至杨光第寓中坐谈。午后一时半至省立医院取出板牙一枚。此牙廿二年补过一次，今年痛甚久，已活动一月矣，取之出血不多。出院后至陶季贤寓谈一时许归。晚饭后阅书报一小时，十一时寝。

廿八日　阴　晚十时雨　至天明未已　一月廿三日　星期日

早起，饭后至省府领薪，午后至季贤寓再作详谈，并提及朱怀冰过去诸事，相与太息。三时至赖信荣家吃年饭，久候慕曾等，迟至六时方开席，酒肴俱佳。七时半归，教院学生赖奋辉、吴镇雅送予回寓。十时半寝。

廿九日　雨　寒甚　旧除日　一月廿四日　星期一

早起，清理室中诸事，扫地，将书籍整理部居。吾国数千年习惯，除日室内外均扫除清洁，盖一年只此一次也。去年除夕小雨，今又一年矣。胜利何时？收复失地又在何时耶？敌人势亦未疲，联军所言胜利，德国仍未衰

民国三十二年（1943年）　十二月

歇。报纸宣传多不切实，令人浩叹而已。饭后往教院取本月份薪水、津贴。久候出纳，人不在院中，乃向朱守一借二千元回寓，今岁省府津贴、薪水均增加，较之去腊倍蓰矣。惟今年加与未加稍优耳，去腊猪肉每斤八元，今年肉价每斤四十元矣。此可以例推者也。予幼时见先君于除夕除开消诸账后所馀款不过一二串，仅有一年存十馀串者。予当家后，自民元起，每除夕所馀不过十馀元或廿元，仅丙寅腊月交卸征收局事已三个月，馀洋六七百元，自是以后馀洋均不及百元，去岁亦仅馀二百元。今岁以族侄文卿所寄、省府代朱代杰之太夫人作寿序得五百元、云海霞赠四百元，不在预算之内者得二千二百元，刘汝璟赠润笔、腌肉以代者四百元，省府、教院所加得已馀积四千馀元，办年所去各物价约二千元，是今腊所增之数已六千馀元。以丙寅冬月比较之，六千之数不过存六七十元耳。以后物价增涨，公务所入有限，将来何以善其后乎？关电务员近自昆明归，云滇中物价鸡蛋每枚十二元，肉价每斤一百元，奇矣。晚十时雨更大，欲作诗以记除夕，无兴趣，遂止。去岁尚具酒肴祀祖宗，今年亦未举行，迟生不听教训，即指挥之，彼亦不得办，反增予怄气也。十时饮酒一杯，十一时装订新日记一本，备明年甲申起写，十二时解衣寝。

民国三十三年
（1944年）

校峙三日记讫因题其后残丛百卷羡随身，字挟风霜笔有神。此是西迁真志料，承校二卷由宜昌西上作。篝灯循诵味津津。

漫推越缦与湘乡，更有东洲旧草堂。蝯叟日记视李、曾景印本更□。旌节平分堪鼎峙，晚年何幸预参详。

四海论交愧子由，抄手迹快双眸。附记多人丰旧识。空山风雨惭无俚，展卷怀人慰白头。

书眉经寸楷如蝇，逐日编排岁有增。一舸东归好收拾，吉云舒卷照行縢。

　　　　　　　甲申秋　世教弟陈逢英

正月

初一日　雨　寒甚　戊子　翼星　雨达旦未已　一月廿五日　星期二

晨五时雨声中闻四邻炮竹声喧，颇动乡念，继思在敌人监视伪组织之下作居民，其行动当不自由，窘困或亦有难言者。天欲曙，雨更浓，鸟声大作，又有喜鹊栖树狂噪。予以身疲畏寒，午后半时乃起，饮酒饭毕欲试笔，而杨觉民昆季、万儒纲、龚姓两生同来谈甚久去。曹印陀、周汉中来，未坐即去。雨中泥深路滑，予亦不能出外答拜，闷闷而已。二时写红笺书苏诗，写松一株借以自喻，作诗二首纪试笔，旧例也，文人积习未忘，每每如此，清代尹文端公元旦试笔诗"揽镜人将老，开门草未生"，其年五十，诚不知后来有开府入相之事迹也。晚写诗二首，尚待改定者三四字，容心定兴畅时再为之。十一时寝，梦予已回鄂城，非原住宅也，高大，深四五进。见先师程松年先生与其子稚松、少松二人招扶入予前宅，其住客似一大商家。未几有飞机低飞过屋顶，其中人物亦均见之。

初二日　雨终日　寒　一月廿六日　星期三

十一时起，正午吃饭饮酒，张孝思、陈庆复、王继武先后来拜年，均谈甚久去。门外泥深，予未敢出门。度此气候明日亦未必晴，真闷煞人也。午后三时补写《清季学术思想变迁记》，继思此名不妥，仍改存《历变记》为妥，明日当易之。晚间仍雨，十一时寝，展转不寐，腰痛体衰，非复五十岁时精力矣。转钟以后仍不能寐，鸡鸣时予频闻之。梦境奇离，近两年来梦中所见其事理所无之者，真幻梦也。

初三日　雨　雪　寒甚　晚雨达旦　一月廿七日　星期四

十时半起，包贡九来拜年，留饮去。自后陈挽澜、傅康屏、杜威先后来谈甚久去。改正元旦试笔诗，另写一纸，明晨当带府中给同仁一阅。晚读唐诗十馀首、古文三篇。十一时寝，多杂梦，梦中事奇特甚。

初四日　雨　午后雪子一阵　寒甚　雨声达旦　一月廿八日　星期五

六时半起，七时早点毕，八时半到省府，今晨途中泥泞三四寸，滑如油浆，稍一不慎即倾跌矣。到时尚未开会，与省府同仁及与会委员、顾问、参议等见面喊一声"恭喜胜利"，以为应酬而已。今日议案不多，其首列为收复武汉建筑计画，此等文稿计画书等等前二年予等已草拟矣，何时实行欤？午后至包宅、蒋笠庵寓坐谈甚久归。携回报纸，载湖南沅陵一电，谓廿六日晨四时二十六日即初一与初二分晓时。该地西北望天空中有巨星一颗，彩云环拥，光芒四射，历廿馀分钟始为云掩云云。可见沅陵系晴天。今年正月初一日日食，中国未见也。又载秘鲁国北部日食全见，天黑约三分钟云云。今日为先祖母忌辰，未能祀典，深为愧怍。忆先母昔年与予言祖母病故时苦况，不

民国三十三年（1944年）　正月

忍述也。阅唐诗三页，十一时寝，展转不寐，三小时犹不成梦，遂默改元旦试笔诗，始改意，继换均矣。鸡鸣时乃定，明晨当改书之。

初五日　雨　寒甚　一月廿九日　星期六

九时半起，饭后改书元旦所作两诗，中有警句，如"间曹幸免葡参苦，厚禄能安著述心"，"昨岁嘉年追远祖，今朝春酒助高吟"是也。又书《甲申日历感作》，颈联改为"毕竟王杨无晚节"，写闽城军署时事，切其姓。对句"须知闽洛有彝伦"，洛派二程，闽派吾先祖文公也。王永泉、杨杰癸亥在闽，一为督办，一为参谋长，声势赫赫，次年以骄横故卒败于周荫人、孙传芳。予鉴其内幕，甲子元宵后托词回鄂，幸免于难。武人军阀只知势利是图，何常①有丝毫人心及民众哉。今天晴，小雨频作，予检日记，去腊初三晚雨起，迄今日止，雨天二十五，阴寒者六，

---

① 常，应为"尝"。

已①盖已三旬又一日不见天日矣。霪雨为害,谈不到国瑞也。午后姜昌培与李生来谈半时去。晚十一时寝。

初六日　雨　寒甚　一月卅日　星期日

九时起,饭后命仆往省府取信件,孟广漳拨款千元与其妻,冯艺林寄证明书来,谓其家去岁除其家七人火食杂用外,尚馀款数万元,一小生意获利如此,公务员可怜如此哉。政府迭禁公务员营业,而各部长与其妻女营大商业,赢利数百万千万者则不之禁,何也?午后阅杂书,改正诗稿。晚十一时寝。今日舒峻山来谈。

初七日　阴　寒甚　一月卅一日　星期一

十时起,饭后整理诗稿,午后饮酒二次。晚饭后改诗稿,欲寄陈豫生并答其东坡生日诗也。晚十一时寝,展转

---

① 已,疑为衍文。

民国三十三年（1944年）　正月

不寐。转钟一时似闻雪子声大作。天欲曙时闻雨雪声。

初八日　雪终日　寒甚　晚又雨　二月一日　星期二

十一时半起，正午吃饭写信二件，嘱刘仆往省府取信件。报纸无多记载，惟美总统罗斯福一月卅日为其六十二寿辰，吾国政府亦致电贺，此真可称世界伟人，国富兵强，当此列强争战声中可以左右一切者，罗斯福耳。晚写诗数页，十一时寝，多梦，不可思议之境。

初九日　雨　寒甚　二月二日　星期三

十一时起，饭后写信二件，写诗话一则，恐忘之，乃急书于簿。年来脑力已衰，偶触一事，无纸笔在前，又懒书之，或偶尔忘之，亦不能补书也。晚接李佛波自沅陵来函，谓常德失时彼有器具房屋被炸。又称黄杰为远东军某军军长云。报纸无甚新闻。晚写复包贡九、陈寅周、邹乃仁、徐慧、陈肖峰、洪英、朱茂林等信件毕，十一时寝。

初十日　雨　寒　二月三日　星期四

九时起，饭后阅杂书，甚闷，天气如此久不晴霁，路滑亦不能出门。午后写连日所作诗稿数份。晚饮酒，十一时寝。

十一日　阴　小雨数次　午后见太阳约十分钟　晚小雨　二月四日　星期五

七时起，正饭间鲁祖珍来谈一时许去，予匆匆带仆出门，今晨十时教院约开会也。行一时许乃到，路滑泥深，在在堪虞失足，院中路泥尤深难行。十时开会，至十二时方毕。院中今日办菜多，院长即以此作春酒请客。饭毕与王秘书长便访李、刘诸人，未多谈。至陈豫生寓中谈甚久，豫生必欲予和其东坡生日诗四律，已许之，四时回寓。饭后秉笔为之，十时草草成矣，十一时寝。

民国三十三年（1944年）　正月

十二日　阴　寒甚有风　晚间寒冷异常　今日立春　卯正一刻　二月五日　星期六

九时起，十时饭毕。带仆出门至图书馆借书，便访朱新铭、辜卓齐、陈肖峰、张皞乐及省府吴于等，五时归。饭后阅报看杂书，十一时寝。

十三日　阴　晚月色大佳　二月六日　星期日

八时蒋立庵、高运筹同来，予未起。八时半起床，九时半饭毕。欲写复各处函，朱新民来谈甚久去。午后王幼良同其弟来，问之，彼已在利川初中毕业矣。年仅十五，无人照管，竟能自立如此，令人欣羡无已。三时李春华来谈党部各事，留之酒饭，五时半乃去。晚见月色清朗，此五十馀日未见者也。明日或者天晴欤？十一时寝。

十四日　早霜重　午后阴　晚雨一阵　二月七日　星期一

早起，饭后至杨光第住宅略谈即出，至民厅晤段继李谈甚久。至省府借米油归，闻朱贤守、张翰卿来寓，未与遇谈也。晚写孟广潼信，十一时寝。

十五日　阴寒　二月八日　星期二

九时起，饭后王一鸥来谈甚久，陈右军、叶钟裕来谈半时去。午后至沈碧舫寓一谈，渠今年亦作诗二首，并以和豫生东坡生日诗相示。归寓吃饭，饮酒过量，疲甚小睡，八时再起写信二件，十一时寝。

十六日　晴　晚月明如昼　二月九日　星期三

八时起，清理室中各事。饭后嘱工役洗晒各衣服冠屦等等，五十馀天未晴，今日乃得整天晴空无云，亦大快事。晚写信四件，十一时寝。

十七日　晴　午后三时阴　晚有月色　二月十日　星期四

早起，今日仍晒衣服，饭后至教院、省府各一次，晚饭后小睡一时许，晚写信六，复陈汉存、孟广瀛等也。晚写杂诗，十一时寝。

十八日　阴　二月十一日　星期五

早起至省府开会，途遇黎少卿，云朱厅长为长官部电话兵殴打一阵，到府列席时签到未毕，始闻此事颠末。午后一时在府办理盐油米谷等购单事。三时毕回寓，饭后又写信二件，十一时寝。

十九日　晴燥　二月十二日　星期六

早起写信与鲁伏生、龙诗樵。饭后带同刘役往教院扫除并糊窗等等，耽延四小时方归，足软难行，薄暮到寓。饭后写信二件，十一时寝。

二十日　雨　二月十三日　星期日

九时起，饭后写周鹏程、严立三、鲁坚、龙诗樵函，明日可发出。改和陈豫生东坡生日诗已就绪矣。晚阅杂书，十一时寝。

廿一日　阴　二月十四日　星期一

早起，饭后往省府包宅略坐谈。至图书馆借书，午后归，饭毕阅杂书，欲补写《历变记》，以目力疲乏遂止。十一时寝。

廿二日　阴　小雨片刻　二月十五日　星期二

早起，八时出门至土桥坝搭车至城内。先访林县长，遇刘维汉。为梦闲事与林县长言，已许之矣。至葛芝岩处谈甚久，就其家午饭后至东门渡河到教院，遇朱守一，遂与谈院中各事。折至搭车处，人多不能上，遂折转至北门，步行至武阳坝，途遇学生胡太山，述院中内部变动事甚详，又遇杨固安，坚邀予至其寓便饭，实不欲往，固安坚约，谓晚间有人送予归。同席者仅张少春非熟人，馀则教院同事王、李、徐诸人也。晚八时席散，固安派其次子送予回寓。十一时寝。

廿三日　阴　二月十六日　星期三

早起,饭后至省府、图书馆、建设厅等处,晚归。饭后清理各事,写信二件,补写《何忆集》。十一时寝。

廿四日　阴　午后转晴　二月十七日　星期四

早起,饭时韩英华来,说不了话,因留饭,与同出,到省府略坐,往包寓与贡九谈后同出。至洗爵溪陈志纯处,得悉张春霆确愿就教院国文系主任矣。至院会舒连景、沈建明两方述各事,予约舒、沈明日回信,劝舒决计勿坚辞,此事总可平和下地。晚归,饭后写信二件,十一时寝。

廿五日　晴　二月十八日　星期五

早起至省府开会,无多要案。午后至图书馆并王实甫处请其挽留舒连景。陈挽澜必欲予到民享社，同席者俱鄂城同乡，该社兼办筵席且可饮酒矣，予实不知也。席价一千元，菜甚丰，以之较城内馆中，可值千三百元矣。席散回寓，阅书报，十时寝。

廿六日　阴寒　二月十九日　星期六

早起，饭后清理各事，十时半往教院，知舒连景已愿蝉联，王实甫在其寓与谈片刻，王去与叶、沈、包略谈，张春霆先生亦到席。正午开饭，午后一时再谈片刻回寓。晚抄自己诗文，至十一时寝。

廿七日　阴寒　二月二十日　星期日

早起补写杂稿，此时再不誊写，散失后难记忆矣。近五年所为诗文，理法似有进境，不如卅前后之有魄力耳。午后梅先霖、杨世英、汪复东先后来谈甚久去。晚补写诗稿，稿多写之费力，九时以后阅学生考试卷，至十一时寝，展转不寐，多杂梦。

廿八日　阴寒　微雪　二月廿一日　星期一

十时起，天微雪，寒甚，原拟今日进城，遂作罢论。定儿今晨在校归，前日亦未上课，云去迟不准入堂云云。远路无人送，早起又必在寓吃饭牵延，附近无小学，此亦大困难事也。晚饭后补记诗稿并写《西迁诗稿》数首，十一时倦甚寝。

廿九日　阴　寒甚　二月廿二日　星期二

早起，饭毕至教院授课，上午音乐科，下午理化系学生少，自放寒假后耽延许久，尚未来齐，以读书为名耳。院中管理人亦不过问，可怪也。今日送午餐到室，予亦未吃饱。四时过县志馆与胡、陈一谈。归后吃饭小睡，晚仍写诗稿，十一时寝。

三十日　阴　小雨数次　寒　二月二十三日　星期三

早起至院授课,闻学生已为远东军学生入伍送行去矣。予遂晋城访梅先霖,买零件,访李晓圆,闻张难先致彼函以证明豫生所谈辛亥史料事。回看张干青,便在合作社买牙粉廿三包。回途逢小雨,遂至建设厅陈肖峰处借伞归。晚饭后写诗稿及复罗年凤、张文庆函,十一时寝。

二月

初一日　大雾　晴　二月廿四日　星期四

早起，饭后晒衣履等件。今日又得晴一日，此地自去冬十一月下旬起，晴者不过十馀日，湿气重，真不适于鄂东人体质也。嘱仆磨墨准备写对联二副，此则宜昌失陷后未写大联。前日周恩九云艺术展览会请予作字画陈列也。晚写诗稿，十一时寝。

初二日　阴寒　二月廿五日　星期五

早起，至省府开例会，午饭菜不甚热，予食过急，午后至店子坪买杂物又受风寒，回寓胸膈俱闷塞难过，亦不思食，临睡服小苏打粉以助消化。上床即睡熟，转钟三时腹涨痛起，水泄甚多，药性之速如此，甚于服大黄也。自是上床后腹内松动，稍安。

初三日　阴　二月廿六日　星期六

九时起，仍大泄一次。十时早饭不多食，惧生病也。午后写大对二副，四年未写大字，生疏多矣。闻重庆六尺宣纸每付可值洋百馀元，今日试笔之纸近三百元，然写此二联适不当意。晚阅报一小时，无多新闻。十一时寝。

初四日　阴晴不定　二月廿七日　星期日

八时半起，饭后将联款写就，补作画条《秋林亭子图》并题句，兼补各画款字、钤印毕。龙诗樵来坐谈半时去。晚阅杂书，十一时寝。

初五日　阴　晴　二月廿八日　星期一

八时起，饭后到省府、教院各一次，省府科秘诸人于上午已到城内组织检讨大会去矣。予归后亦准备入城，惟寓仆从均往乡间未归，拟待明日再定。十时寝。

初六日　晴　二月廿九日　星期二

八时起，补写字画俱竣，闻此次展览会只集画件不及字，殊为偏枯。午后久候仆从不归，梦闲又为做屋事常不在寓，不得已乃命迟生提囊与予同往土桥坝，无车，遂步行入城。先至刘九经寓，因刘今日请予晚餐也。同席者十馀客，仅认识陈国苊、郑华清二人，扰扰至七时半方开席。予至会，因无行李，乃开招待所宿。会中诸事纷乱，亦未与于科长多谈也。在所展转不寐。

初七日　阴　午后晴　晚雨　三月初一日　星期三

五时起，六时到大会，八时半举行开幕典礼。午后予搭车至土桥坝，到寓吃饭，仍往城内，知明日方正式审查议案也。晚仍宿招待所。

初八日　晴　三月二日　星期四

八时到会，今日开审查会，予未参加。下午搬行李至参议顾问室，同室饶吾、李士魁、陈雨樵、施方白、冯子恭、包贡九，外加入者为曾振瀛、傅汝楫二人，笑谈尚不寂寞。晚饭后外出一次购各零物。施城自开会后百物增涨，较一星期前约三倍，当局亦不知禁，奇哉。九时半寝。

初九日　晴　三月三日　星期五

早六时起升旗,予未参加。雨樵、方白年老兴高,每晨必往,其精神可佩也。今日始与范瀛槎见面,谈十五年以前事并追述辛亥起义事,彼亦供予材料以补《历变记》。午后开会晤见杨县长干、游锦章、王勉、帅云屏诸县长,徐会之专员,张德亭、张耀先、易演道诸校长,均与谈耳。馀则邱书记长、龙诗樵、张天则及高启圭诸人,均略与敷衍谈数语。晚与参顾诸人谈笑至十一时寝。

初十日　阴　寒　三月四日　星期六

今日回寓一次,上、下午均有会议,晚间访问各友。出外二次,送书与周大集。晚至各室略坐谈,十一时寝。

十一日　晴　三月五日　星期日

今日上午回寓，下午仍到会，因陈国苢约予与周菊村宴会也。四时与周同往，同席者郑复初团长及周仲甫、郑华清、吴局长诸人，酒肴甚丰，闻菊村为国苢亲家，谓其对家庭昆季均好云。八时与菊村同步月而归，并与方白、少仁闲谈至十一时寝。今日公祭石故议长，典礼甚隆重。

十二日　阴　三月六日　星期一

六时起，天小雨，上、下午均开会，晚间外出至周恩九寓略坐谈，九时归，又与少仁等谈各事，闻贡九之女确与郑桓武定婚，因忆过去诸事，不知何以又成就如此之速，真所谓姻缘前定也，惟未闻贡九与予言。十一时寝。

十三日　晴　三月七日　星期二

今日行政会议无可纪者,照例皆决议通过,是否能行又一事也。晚与方白、子恭谈各事,十一时寝。

十四日　阴　三月八日　星期三

六时起,今日上、下午开会,予均参加。晚间外出至各处买零物。晚睡时贡九始为予明言已将其女许郑桓武为继室,并述述两年来经过情形,对郑从前为人及在职时各事已曲谅矣。予未置一词,惧惹是非。寝已十一时矣。

十五日　晴　三月九日　星期四

六时起,上午开会,朱厅长多诰戒各县长之语。晚间外出访恩九问各事。十时回团与施、陈诸人闲谈。十一时寝。

十六日　晴热　晚月色佳　大风　三月十日　星期五

六时起,今晨大会闭幕礼,孙长官来讲话。八时半忽闻警报,与贡九、逸尘往防空洞避之,一时半乃解除,予与诸人搬行李出团矣。晚会演戏,吴太太之《铁弓缘》唱做均佳。九时半大风寒甚,予不及待观第三出也。步行至包宅借宿。

十七日　早雨　午后阴　晚大雨　三月十一日　星期六

六时起,予匆匆起,欲回寓,行至民政厅大雨已至,遂至省府休息,午后贡九请客,为其①订婚。四时长官部请至民享社并在该部观戏。九时出,大雨,回寓宿。

---

① 其,后疑脱"女"字。

十八日　晴热　三月十二日　星期日

早起晒各衣物，亲自料理，饭后陈庆复来，云不日即往万县，嘱托各事，予已允之。今日未出门，晚间收衣物，予自料理。仆从、妻子俱懒而不可靠，予甚恨之。晚阅杂书，连日疲劳思睡，午间又无暇睡也。十时寝。

十九日　晴　午后三时大风　至黄昏时乃止　转钟二时闻雨声　三月十三日　星期一

早起补昨日未竣事，饭后一时往教院授课，为理化系学生讲文，并及诗之作法。以予黄州诗示之，惜学生无根底，未能领旨趣也。四时半过县志馆与凤喈、志纯略谈。回寓饭后知定生逃学，在后山中未回寓，小儿惯技不改，其母亦不知禁，奈何奈何！增予烦恼耳。十二时半寝，梦孟夫人与予同居施南住宅。窗棂临街，长宽如大门，并未糊纸。寝室中宽虚无多什物，卧时可见街上。两年来梦夫人者不止十馀次，回思癸酉七月以前诸事，感于施州家室，时时怄气，尤令予想夫人不置。屈指已十一年，伤哉！

二十日　雨大　午后三时转晴意　三月十四日　星期二

四时醒，闻雨声大作。天无三日晴，此地气候真与予不相宜也。饭后整理案上诸事，十一时出门，着钉鞋，泥深难行，至土桥坝民享社公宴鄂南专员蔡文宿，请其报告鄂南十县情形。与会者五十人，每人份金一百元，仅通城、蒲圻二县无人到，共开八桌。刘先云、黎子玉发起，以故大冶、鄂城人最多。四时到省府，汪文伯、靳介中、冯挽澜三人请宴鲁伏生，外客仅李股长为社会客，馀均省府同仁。七时回寓写请客帖，因久许请龙诗樵、王勉诸人，彼等以时间冲突未能举行者也，约定十八号星期六为期。十一时寝。

廿一日　阴　十时以后晴热　三月十五日　星期三

早起未食物匆匆出门至教院授课。正午至舒宅食面饭半碗，至城内向周恩九取画件，访葛芝岩，告以武昌来函。在汽车站无车可搭，步行归。天热，汗出如渖，脱衣置左手，右手持伞与杆，极以为苦。晚饭后疲甚，十一时寝。

廿二日　阴　三月十六日　星期四

早起欲外出，恐有雨，未果。饭后韩英华来谈，请写函与徐县长。午后未作事。晚写复各处函十件，盖积压甚久者也。十一时寝。

廿三日　早阴　小雨一阵　旋晴热　午后大风　三月十七日　星期五

六时起，七时饭毕，至省府例会。今日有专员二人列席，王开化、蔡文宿，委员李石樵则首次出席也。午后三时到曲水洞张笃周家宴，同席者凤喈、笠渔、季贤、校文、沈歧生、袁某数人，酒肴均佳，为今年所仅见，鱼及面饺等尤难办此精美者也。经商有馀钱，公务员一月所入不及此一席之费，可慨也哉！六时归，九时食糍粑半碗，十时半寝。

廿四日　晴　三月十八日　星期六

早起，梦闲已往土桥坝买菜，正午肴菜俱配就，今年初次请客，近时物价奇涨，而此次诸人又不能不请。午后一时贺伯铭、叶锺明先来谈，王伯彦送其兄自贵州息烽来函，知其尚在人世，可为忻慰。其母年近八旬，思子甚切，予前三年为之打听消息无结果。伯良事父母素孝，宜其不遭横死也。三时以后汪、赖、龚、靳、冯五股长俱来，张耀先、龙诗樵俱到，未来者王勉、戴肇琼，张天则来函辞谢。四时开席，六时散去，约计今日用费千二百元矣。征之往昔物价，奢侈为人指摘矣。未抗战前汉口鱼翅席较此丰富二倍，价十二元一席，然今日千二百元实不敌当日十元也。法币代价或亦等于第一次欧战德之马克、俄之羌帖欤？晚间疲甚，十时寝。

廿五日　晴　三月十九日　星期日

早起，八时饭毕清理各事，十一时到土桥坝搭车，今日星期，男女人多，数次不能上，乃步行入城。途遇惠质夫、施方白，云严立三先生已来施，住招待所，为青年团监选也，已为段继李、许云涟、贺保三欢迎去矣。予出南门时热甚，幸着单呢服且携有伞，汗出头晕，目蒙难过，见公务员均着棉制服，无一携伞者，均行烈日中，可推想其苦矣。至王伯母处，慰其子有信回，伯母乐甚。老母爱子，人情所同，古人所谓"天下无不是之父母"也。谈半时，食面一碗，已午后四时。匆匆入城，途遇贺葆三，云立三住招待所接见宾客，现已往省府矣。五时过秘书处，途遇之，叙数语。予到处取信件，回寓已黄昏，今日共行路卅六里，疲劳甚。饭后思睡，九时寝。转钟二时醒，竟不能睡，又类伤风状，遂起挑灯补写日记，鸡鸣二次复寝。

廿六日　晴热　三月二十日　星期一

八时起，九时饭毕，往省府借洋四百元送包贡九礼。十一时到教院检视予房，一切凌乱如前，予愤极，嘱童事务员答复，彼以院中无钱购石灰等等。予借垫二百四十元嘱其办各事，谓明日即搬家来也。如此办事较陈友松长院时代更无头绪，可慨也哉。下午在理化系授课二小时，傍晚归。饭后小睡，九时补写日记，十一时半寝。

廿七日　晴燥　午后四时雨至天明　三月廿一日　星期二

早起，饭后至教院上课。连日行路多，足软难行。十一时半课毕，回家头额俱作痛，脚更软矣。饭后解衣睡至六时半方醒，浑身骨节酸痛，似已受寒矣。晚七时半起，食米泡半碗，精神疲甚，又不耐坐。翻古文，阅之难入，延时而已。十一时半寝。

廿八日　早雨　九时以后阴　三月廿二日　星期三

六时闻迟生从小关上学去，八时起，体不适，早饭仅一碗，胸中似涨痛。清理书籍。午后三时又食，亦不多，晚食面半碗，头晕痛，晚十一时寝。今夕始闻蛙声。

廿九日　晴　三月廿三日　星期四

八时半起，天气已晴，寓斋四周桃李怒放，菜花黄而香烈，予前年春间作诗起句所谓"桃红李白菜花黄"是也。出门数之，桃树约八十馀株，李树十馀株，桃李共数约百株矣。古人诗"绕屋梅花三十树"，极以为豪。寓周有百株桃李，宁不足以自豪与？沈雪师为张虎臣写《绕屋梅花三十树图》，予乙丑年在武昌购得之；《三春夜宴桃李园图》，本籍熊致堂所藏绢本，予壬戌年购得之。此二本度可存在江汉子寄庐，似可名桃李园矣。惟邻居无素心人，屋主又不识字，且属下流，屋之两侧厕溷如塘，污秽万状。前年屡嘱其改为清洁上做去，屋主不愿，且非笑焉，真负此春景，为之浩叹。十一时因包贡九约午餐，其女德培归宁也。男客三桌，予与省府同仁坐一席，每席十二人，菜少人多，每出一盘，敏捷者能夹二次，否则一次而已，其婿匿而不出，亦创例。予乡嫁女回门不请外客，仅女宾一桌陪女子，男戚一桌陪新郎耳。午后二时回，至省府买各物，四时回寓，足力已疲。予自廿三日出施门南门，行路往返卅馀里，气力俱伤，兼之咳嗽十馀日亦未痊，饮食稍减，连日应酬又多，疲顿之状屡见矣。晚欲作诗，以"桃红李白菜花黄"作题目，得三首，明日当另录之。十一时疲甚寝。

三月

初一日　阴　晚十时以后雨　子正大雨如注　三月廿四日　星期五

早起至省府例会，无多要案。李石樵报告鄂东情形，调高和寡，群疑其有不实不尽者也。午饭后回寓，未继续与会。晚阅陈汉存自成都来信，后附报数语，谓刘菊坡患神经病甚重，不能作字，故对于陈豫生数年函不能复云云。菊坡中年得志，一连十年为厅长者、五次为秘书长者、四次为县长、二次专员、一次为部秘书、一次在本省府为主任、一次蝉联不空，月俸有馀，酒食衣服嫖赌俱享极人生幸福。迁川以后闻以姜逃女死妻死而继以窘困，致成今日现状，亦大可哀。回思与予同学两湖学堂时意气之壮，同官皖垣时其器宇之昂，同寄居武昌时亦幡然老矣。西迁前一月予在汉口与彼谈片刻，其状似愤慨，类似神经

民国三十三年（1944年）　　三月

错乱，予沉着无一言，坐片刻即起别，彼谓君何不发一言耶，似亦疑予有别意者。盖平时相见必久谈，且谑浪笑傲，谈必数小时或酒食而后去也，是以有此一段意见横胸中。予自到宜五年来未与通函，虽贺静山父子、范寄沧等告予以菊坡住址，实未通候也。菊坡写作俱佳，聪明过人，倘或其疾长此不愈，真为吾乡惜。彼亦有日记数十年，但甚简，不知病后尚有续记否，但证以汉存来函，恐未必有耳。晚十一时寝，梦境奇离，有庙宇画壁神像四大天王像，大雨如瀑，有作弧形，有太阳庙，壁能活动伸缩，路途有泥水，有人遗矢如蛇形，此真奇妙幻境，可见予脑筋日弱，奈何！

初二日　早雨　午后阴　三月廿五日　星期六

八时起，清理各事，午后至教院一次，知员生提前下班，今晚放电影，学生自治会欢迎新教授诸人也。五时回寓，足疲甚，饭后小憩。晚八时服蒋立庵所开方药，有十二味，龙骨、牡砺，予平生未服过此物者，且证之明日也。十一时寝，多梦极杂，醒则咳嗽大作，连日因咳牵连，脑中痛甚。

初三日　早阴　正午小雨　午后大雨　晚见星斗　三月廿六日　星期日

八时半起，服药一碗，十时半至图书馆取所借《陶庵集》八本，《宝颜堂秘笈》四十八本，命有才携归，予则往舞阳坝招待，因前第一师范学生请聚餐也。到者二十馀人，认识者仅三分之一。教员则张春霆、高光炯与予三人而已。学生年少者亦四十馀岁，民国二年十月为一师范开学之始，予为习字图画教员，郭时雨校长短期仅两月，三年一月予调内务司呈督署巡按署为委员矣。十年再任一师教员至十二年离校，甲子春又续聘为该校教员。十五年三月任沙市征收局长，乃辞去。以故诸生今日见面者不[①]其名或知当年有此姓名而不能证其为何人也。酒席三桌，一时半散席。予与张、高两先生先出，大雨，仅余有伞，行至建厅访肖峰，略坐谈。三时着草鞋回寓，布鞋已沁透

---

① 不，后疑脱"知"。

矣。今日上巳，曲水洞之约因雨无人赴，寓前桃李为雨打落，红白片满地。噫！此两种花艳仅二日，何其遭时之短欤。晚饭后阅览今日所借书，十一时寝，今夕闻蛙声大作。

初四日　晴　夜十二时闻雨声　三月廿七日　星期一

八时起，九时半饭毕清理各物，准备搬师范学院去。午后一时往院授课，四时半回寓，头晕足软，饭后小睡起，欲阅所借诸书，以目力疲中止。十时寝，转钟后闻雨声，再睡熟，梦境奇离，不可思议。

初五日　早雨　午后阴　夜大雨　三月廿八日　星期二

九时起，午后一时往院授课。雨后泥深难行，到后即上课，四时半回寓，以书囊雨伞交刘仆，予折而由省行路归，较干易行也。到门见桃李花为雨打谢者三分之二矣。桃李花开，晴者一日馀，未免气运太短。晚饭后疲甚，小睡再起，写信三件，分致王安雪，因受其汇款五百元，云作为予之汤资者，此人尚有一点良心。又致云海霞、陈季明各一函。十一时寝，转钟后又闻雨声作矣。

初六日　早雨　午后三时晴　三月廿九日　星期三

九时起雨未止，予以院中早课未去。饭后至院知已放假，今日所谓革命先烈纪念日也。郑仲元、胡汉民、陈其美、廖仲恺、朱执信、黄兴诸人死难之时不同，并于此日举行，即中央近年颁定三月廿九下半旗志哀者也。与张春霆先生谈片刻归，经县志馆与志纯、凤喈先生谈甚久并在其馆晚饭归。四时半到寓，脚指为皮钉鞋夹伤，施南多雨，雨后晴着皮鞋又难行，真以为苦矣。十一时寝。

初七日　早阴　十时以后晴　月色昏黄　三月卅日　星期四

八时起，九时早饭毕，带同刘役往土桥坝图书馆借书。到省府知杨世英、于国桢已发表，四六区专员吴良琛改任省府委员兼军区副司令，刘幕曾则尚未发表云云。一幅升官已新出现，有办法者终是有办法，受苦耐劳固是一层，然人力运气一占大半矣。午后至陈肖峰、石砥丞处坐谈，再至省府买得榨菜三斤，在邮局取兑汇款归寓，内衣裤俱汗湿矣。因着棉制服，幸持有伞。此地早晚气候剧变，十一时至下午四时前热不可耐。夜郎地阴气沉沉，湿气过重，真不宜于吾辈也。门外桃花为连日大小雨打尽，枝上微呈紫色，此花所以昔称"薄命"者欤？少年轻浮之人可以对此生感想矣。晚十一时寝，多杂梦。

初八日　晴燥　月色昏黄　三月卅一日　星期五

早起，八时半到省府例会，朱、赵、张、谭四厅长俱往渝，由刘秘书长代举行谈话会，无多议案。十时半予与穆子斌往供应处买洋布及零件，因明日四月一号，该处又须涨价，名为供应公务员又曰平价，却一月必涨价三四次，奸商遂借口官家涨价，乃乘而起，此则省银行作恶于前，是以各厅处公务员供应平价为名，而该行处各员司受其实惠也。各厅长亦知此弊,但该处对于各厅长之眷属又属例外。如稀洋布每尺百元,厅长委员眷属如零用品由省行批交发货,洋布每尺仅十馀元也,此与专制时代之达官小民不平等者有以异乎?午后回寓,汗湿衣裤,换衣后又往师范学院开训道会议,四时散。回寓晚饭,今日行路多,足力疲矣。晚间不能看书,十一时寝,梦奇离甚,但有时睡甚熟。

初九日　晴　晚大风　小雨一阵　四月一日　星期六

九时起,饭后至七里坪赶场,百物涨价。予数月未赶场,今日乃知极粗白棉布每尺十五元,稍细略宽白棉布每尺卅五元,奇矣。战事不解决,以后物价三天一涨不足奇矣。计予初到施南,一切物价仅现时五十分之一耳。下午往省府,因余文杰、严道生请客,计三桌,严、余均有馀款,故其手笔较大,估计三席用费大约四千元,公务员有不感窘困者,严等是也。今日闻严立三病重,宣恩县长约杨光第去看病,省府带洋一万元去作费用云云。晚归,十一时寝。

民国三十三年（1944年）　三月

初十日　阴晴不定　风　四月二日　星期日

八时起，饭后写信二件，托江炳灵带长沙孙稚屏处取物件，昨晚为稚屏之母作寿诗一首，午后磨墨写之，冷金朱笺，前月自城内取归者也。惜幅太小，仅能容七律一首。写楷书能免俗，诗不惬意，彼无事略寄来，实无话可说，只有敷衍而已。晚饭后写稚屏信，另写复他处二函。十一时寝。

十一日　晴　午后大风　时有小雨　四月三日　星期一

七时起，八时饭毕，早清零件等等，嘱陈、刘二仆挑至师范学院。予十时去清理房中，布置一切。午后一时吃饭，因路远，寓中送去饭菜俱冷矣。四时半上课毕，遂回寓宿，因所洗被里未干也。十一时寝，多杂梦。

十二日　阴晴不定　晚月色昏黄　四月四日　星期二

九时起，十时饭毕，十一时至邮局发孙稚屏诗笺，挂号寄长沙。今日为儿童节，民享社开饭廿馀桌，土桥坝空坪站队甚热闹，近年在施举行多次者，所谓青年节、记者节、妇女节、儿童节等等。噫，公务员无节，老年人无节。教育党部各当局干闹而已，用钱以买虚面，于国计民生有关耶？连日报载中外战讯极坏，如日俄协定，日调关东军南下，日以库页岛油铁之利益让苏俄，又续订渔业利益五年，印度已有日军发现，意大利某境盟军退却矣。种种坏消息，此五日内毕现，我军反攻之说，省会议席上予迭闻之矣，何时反攻乎？吾国外交不如日，兵力仅恃英美海空少数之牵制乃得延长苟免，可慨也。晚写复刘贵穆、袁次璋、黄觉非、徐梵尘、李芳等函。十一时寝，梦天雨，电光如火，又见水边有船行，又梦见先父母如平时。

民国三十三年（1944年）　　三月

十三日　阴　午后小雨一阵　晚十时大雨　闻雷声数作
今日清明节　四月五日　星期三

　　早起食鸡蛋一枚，与刘仆同出至省府用电话问徐梵尘地址，陈季明托带款之人也。至邮局汇二百与云海霞，还前月渠带来烟价也。至三孔桥王一鸥家中坐谈各事。彼留予早饭，嘱刘仆径见余子坝取款。午正与刘至民厅后山上遥祭先父母及亡室孟夫人、亡儿根生，点烛香，焚包袱钱纸，望东致敬。予自廿七年在胡林鄂城祭各祖坟后，屈指离乡间已六清明矣。古人不轻去其乡，又以别离邱墓为不孝，西迁以后不孝之人多矣，伤心哉。倭奴何时可灭耶？报纸所载，一是闻敌甚凶，我国外交如是如是，反攻之说已数传矣，是则不能不搔首而问天也。午后祭毕，又到省府候徐梵尘来交款，付回函与陈季明去。二时半回寓，晚阅杂书如陈眉公所辑及自撰者。陈氏于明代负盛名，然亦非偶然者，予甚佩之。十一时寝，转钟后大雷雨。

十四日　早雨　阴　午后转晴　夜转钟二时大雨如注雷声震屋　四月六日　星期四

九时半起，饭后清衣服、书籍置箱篓中。室中湿气重，可恨。幸有貓，鼠伤咬近一月稍免耳。此地天时气候、风俗习惯、人心险恶，均非予所能安，二十七年五月激于义愤决意西上，今已六年，受尽万苦，思数年所经过，不禁涕泪之落也。傍晚省府送来三函，一王勉谢函，一省府星期五例会，一包贡九约星期日至其寓赏牡丹，作骈文印小启，予不知其何以如此得意也，一叹。晚九时半又雨声作矣。迟儿昨日入城搭车，今午回寓云车未开又回寓。上学不及一旬，回家亦非慰父母者，又索四百元去，读书半月计费八百元矣。予童年离父母住学校，廿以后月必兼差卖文得薪寄家养父母，每假旋归家，见父母年老必恋恋而不忍急回校。故父严而爱予，母慈而怜予。乃不料迟儿年已长，而无一点孝思存于其胸中也。十一时寝，梦回武昌，谓予已考取某科，派陇海铁路南局局长，于小帽里中书考次及官阶。又梦蒲圻旧士绅欢迎予再为该县长，至不能自决定。又行一新造大室数十间，自楼上行不得出，后有二人亦误入者，一人指板数条撤去，乃一楼口，予得先下，距地仅及尺许也。醒后大雷雨正盛，忆梦境，宛然在脑海中。噫！以何事而动名心耶？连夕跳蚤多，寝极不安。

十五日　雨　晚雨达旦未已　四月七日　星期五

九时半起，连日身不适。饭后又清理书籍、衣服、零件，愈清愈多，头为之晕。将来回武汉时，则此物件如何带法，贱值以售恐亦无受之者。然则何时回武汉乎？本府去冬今春迭次会议讨论收复武汉计画如何如何，似照真收复时办理，殆古人所谓凡事豫则立者耶？予实信其为真也。晚间雨止，屋外半里蛙声大作。偶忆辛丑从高幼泉师读书时晚间景况，屈指四十馀年矣。流寓施州，遥望故园，忆及儿童时事，感慨多矣。九时写复王勉、孟广澊、广瀛、陈季明等函，至十一时四十分乃寝。转钟后雷声震屋，窗俱动，遂醒，闻大雨倾盆矣。再睡熟，梦亡友朱次诚困窘犹昔，又忽见其着夏布衫纱马褂，云系在周鹏程家祭其父云云,真是幻哉。予晚间脑海如此烦杂,奈何奈何!

十六日　雨　四月八日　星期六

八时半起,饭后命刘仆送信、发函、取书等事。午后清理各事,写诗稿,去年所作未入集者一一抄之,至晚十一时乃止。寝后梦境幻境极奇,又似到两湖学堂上楼下楼寻出路,其路非昔所经也。

十七日　早雨　午后阴　小雨时作　四月九日　星期日

八时半起,清理桌上各事,预备还图书馆及省府借书。十时半出门,途遇沈碧舫,因今日包贡九请客赏牡丹,至则花因雨已萎矣。候客至十二时开席。春霆、凤喈、碧舫另加女生王璇,共坐十二人,极挤。尚有叶叔良、饶校文、陶季贤、毕斗山未到,则十六人能难坐矣。席散后由碧舫出题,并限十四字均,予分得"花"字。二时回寓,四时晚饭。晚间雨止,蛙声因风到耳甚亮。十一时寝。

十八日　阴　晚雨　四月十日　星期一

六时起,七时早点毕,匆匆出门。路滑泥深,着钉鞋尤不易也。到院上课,音乐科学生从前读书甚少,讲文字非展转引喻不能了解,奈何。午后在理化系上课,人数仅及半,春假后尚未回院,馀则赶习算、理、化三门。月考予亦未讲,因无讲义印页,只好在堂上坐一小时而已。陈登甫自荆门来,寓其戚李汉记家中,予往谈半时许,别后事不知从何处说起。登甫有子,已就事四五年,在陕西,欲接其往住,此人总算有后福也。四时半回寓,足疲甚。饭后小睡,九时起再写各诗稿杂文,至十一时寝,又闻雨声,转钟后梦幻境。

十九日　早雨　午后阴　小雨时作　四月十一日　星期二

八时起，因雨未到院上课，饭后写诗稿及杂文稿。近年所作多未腾正，惧散失，乃整理之，兴趣不佳，无佳文字，较之四十岁所作似气势弱矣。晚间省府取回刘伯阳、范寄沧、刘贵穆三函，伯阳又到汉口矣。函中述及胡林予所存书籍、衣物均尚在，乡间谷每石一千三百馀元，肉每斤八十元，油每斤一百卅元，盐一百四十元，甚至草每石二百八十元，较此间更贵。日钞及伪法币价高，所以迫上、中等人去做汉奸，下等人去供役使赚日钞以图生存。辣哉！敌伪真所经济统制也。我军何时胜利，以解除沦陷区民痛苦乎？今日锦文笔店转交香苨一斤、葛粉二斤，五峰张伯名托人带来者。阅函，系去年十月一日所带，奇哉。晚写诗稿杂文，至十一时寝。

二十日　阴寒　下午五时小雨　四月十二日　星期三

早起，八时饭毕至师院上课，时间已过，仅上一时许。到室清顺诗稿预备装订，寓中送饭去，食毕又清理各事。下午二时半与冯子恭往张春霆先生寓中略坐出。五时回寓，归途遇雨。今日泥深路滑极难行，回寓衣已汗湿矣。饭后小睡，晚间写诗稿。连日未看报，不知敌人近在宜都、枝江等处又作若何举动，然闻情报甚可虑也。十一时寝。

廿一日　早有日光　旋阴寒　四月十三日　星期四

八时起，九时张天则来，留之便饭。崔冠侯、马文纲来，云图书馆失书卅馀本及报本二册，为张祖成之子窃去。田树生自太平溪来，述龙惠东丧子情状，甚惨。惠东年逾六十，仅此十馀岁独子，亦无亲支侄辈，殊可怜也。树生并带来香烟十包，云每包四十元，即惠东托魏金声转购以赠予者。前本戏言，不料其难中践前言也。晚饭后小睡，近三月中均如此现象。午睡不常作，而晚饭后身倦目疲，必睡半小时乃已。八时写信二件，十一时寝。

廿二日　阴　晚雨　四月十四日　星期五

早起至省府例会，贺痴瘦、田珍至省府来会，谈数语。午后至师院借书，四时半与陈登甫约其星期日来寓便饭。五时回寓，崔冠侯、马文滨来，为图书被盗事，约张祖成夫妇答复此事，取书廿一本去，馀书待寻交案。晚阅杂书至十一时寝。多杂梦，似回汉口，闻共党大作，众人逃难，又见亡儿根生携一包袱。

廿三日　雨　午后阴　小雨时作　四月十五日　星期六

九时起，饭后为张天则作画，纸甚劣，画少兴趣。午后四时往省府，因高运筹、王晓耕等十人请公宴。为张九刚书事打听话问迟生，答只借五本，但昨日张夫妇云其借八本，此事支离，累人怄气。七时回寓，泥深路滑，设今日不为此事，予可不往省府也。陈庆复今日来函述万县物价高涨，势必然也。十一时寝。

廿四日　阴寒　小雨　四月十六日　星期日

八时起，连日精神不足，睡眠时少。思过去未来，又时时念及家乡，心极不安适，饮食不如从前，且非案时而食也。老境俞增，看书不能记忆，真所谓过而辄忘者也。饭后为张天则补画立轴已竣，并写一条。纸劣，书画俱无趣。午后二时陈登甫谈该县敌人情况可畏，甚哉，国之不可亡也。吾国凡敌人所占各地，敌人对民众均以亡国奴看待。且生命危险，顷刻之间敌兵可以随便杀人活埋人，无敢诉者。噫！国军何时反攻，逐此寇出境耶。晚八时自写文稿，屡欲书而未行者，毅力全无，殊自愧恶，写一页即止。十一时寝，多杂梦，疲甚。

廿五日　晴　四月十七日　星期一

十时起,倦甚,饭后张天则来谈半时许,取字画去。午后一时半有警报。二时半往省银行晤王梦生谈片刻出,遇朱伊仲又谈片刻。至民厅晤段继李,至警务处访麻志成,约其同往杨世英家送行,未晤,与其妻说明来意而已。世英前来寓,予未请其便饭,今日须往送也。回寓已晚,饭后疲甚,今日行路多,足软甚,十一时寝。

廿六日　晴热　晚有风　天沉黑又似有雨意　四月十八日　星期二

八时半起,九时饭毕,写复周鹏程函,内附致严立三函,慰其病愈也。函中多激烈过当语,对证下药,不得不尔。复朱阳春函,并检去岁其家带来二函,此人无良,虽教训之,恐亦不悟也。十时半有警报,闻敌机飞声似甚高。午后二时带同工人去省府还借书毕至师范,值下班,未能借书。此院办公迟到早退，而办公时间又短，规矩全无，一切放任。其施政状况真所谓无生气也，可慨也。每年费国家巨款以言培植人材，吾实未之能信。五时归，足不能行，疲甚。今日早晚如冬，衣棉犹寒；中午如炎夏，农人赤膊作工，予与仆行路汗出如渖。此种怪气候之地，吾辈近江水之人何不幸而至此耶。晚写信复王恕、吴瑞伟，此二人太势利，因李石樵来施，欲托予为之关说求官而有信，本不欲复，继思指其势利心，不能不复也。另写胡升、魏全声二函。十一时乃寝，梦先君如平时状，似为予说某项事。

二十七日 雨 午后四时似转晴意 四月十九日 星期三

八时半起，饭后因定儿未上学，教之写字。此儿颇有手聪，写字笔法甚好，惟顽劣异常，且不爱用心耳。予八龄时下塾后，先君仍教之习字读书。予读过之四书及《三字经》，虽背诵数次，而书仍似新本，即折角亦少。噫，岂料后人不象贤如此哉！近两月中每思及儿时情况，闻蟋蛄鸣于窗外，尤触动往事不少眷念。先父母教予读书，期望之语，灯下训示予与大姊时所讲古人遗训。先君自述遭逢身世之苦，不知涕泗之何从也。午后小睡二时，精力渐衰，不如去春多矣。晚疲甚，得鄂东孟濂来函，阅《黄贞文遗集》，论人论事无一不合圣贤道理，真千百后之一人矣。十一时寝。

廿八日 晴燥 今日谷雨 四月二十日 星期四

早起，饭后往财厅晤傅逸尘、赵朗山、柳东川，各有所托。到图书馆晤崔冠侯、马文滨答其函询事。到省府仅晤阎任之，值各员已下班矣。便晤蒋立庵谈片刻出回寓。晚饭小睡一时许。八时阅《宝颜堂丛书》，仅检查其目，方知予四十以后未读各丛书为恨，今则老境侵寻，阅亦不能记，亦不能抄矣。古人有福读书则必视其境遇如何耳，时过而后学，境迫桑榆，奈之何哉。窃怪富豪之子家有藏书而不读，日事戏游嫖赌为其生活，如吾邑郑、张两家有书不读，中落以后子孙流为窃盗与乞丐，不胜感慨矣。十二时寝，疲乏甚。转钟后梦见亡友尉迟敏深，盖已十五年未见矣。今其子女已成人，且添孙辈。予丁、戊二年在冶校讲学，予家曾赖彼照顾，至今犹系念之。

廿九日　晴热甚　四月廿一日　星期五

八时半起，疲甚。饭后命仆洗晒衣履，午后日烈如六月，此地气候剧变，如行人只可着单衣也。师院送函来请明日阅卷。晚写必送部履历表已起稿，予懒甚，迟延三月矣，不知何时可送出，人之无毅力乃如此哉。十一时寝，连夕蛙声喧甚，颇忆吾乡予幼稚时景况，心实不宁。

三十日　阴晴不定　晚大雷雨一次　转钟后大雨　四月廿二日　星期六

七时起，八时半到师院阅学生期考试卷，就院中午餐。下午一时将试卷分数判定。四时回寓，饭后欲作事，以与梦闲怄气中止矣。近一旬中心神极不安，情绪恶劣，心中每发不平之气，继以太息。寝后不安，晨起脑痛眼疾时作，真所谓百病俱发矣。妻子无好脸，说话无一商量语，厉声以答，横目而视，值此景况令予益思孟夫人不已。噫！孟氏卒已十一年矣，犹使予伤心不置矣。九时取《陶庵文集》阅之，其《自监录》云：看人诗文不宜违心过誉以求感说，此处害亦不细，待人不诚亦是心过，非但口过也。又一则云：董思白论画云，画之道所谓宇宙在乎手者，眼前无非生机，故其人浩浩多寿。至于刻画细巧为造物忌者，乃能损寿，盖无生机也。此言似谩而有实理，推之作文、临事亦然。又曰：古人胆力真是可畏，如覆楚、复楚、推秦等事何等坚猛沉挚，子胥、包胥事皆即成，子房事不成而佐汉亡秦，则亦终成，以三子观之，荆轲不足道矣。予对此条则尤有所感，夫挚鸟捕雀，深藏其形。豪杰善谋，深潜其志。古人所谓"有报人之志而使人疑者危，无报人之志而使人疑者殆"，敌寇压境据要塞而我迭昌言反攻，岂不危殆哉。